KB105684

어떻게 살면
행복해질까

좋은 일이 자꾸 생기는 행복 수업

어떻게 살면 행복해질까

우에니시 아키라 지음 · 송수영 옮김

읽는 순간 마음이 가벼워지는
최고의 인생 지침서

이아소

들어가며

읽는 동안 조금씩 변해가는 마법의 한 마디

지금 많은 사람이 중심을 잡지 못하고 헷갈리고 있다.

어떻게 살아갈 것인가, 어떻게 미래를 개척해야 할 것인가.

다들 흔들리고 있다.

또한 많은 사람의 마음속에는 초조함과 분노가 있다.

생각대로 풀리지 않는 인생, 괴로운 일만 터지는 세상과 직장, 인간관계에 화가 나고 불안하다.

흔들리는 마음의 중심을 잡고, 초조함과 분노를 진정시키는 것이 바로 이 책의 목적이다.

이 책의 본질은 타인에 대한 '배려'이다.

타인에 대한 상냥한 배려,

그리고 자기 자신에 대한 따뜻한 배려,

세상에 대한 배려,

가난한 사람, 어려운 사람에 대한 배려이다.

타인을 배려하면 인간관계에 문제가 일어나지 않는다.

자신을 배려하면 자기혐오로 괴로워하는 일이 없다.

세상을 배려하면 살아가야 할 지침을 발견한다.

발상의 전환을 해보자.

타인이나 자신의 무력함에 화를 낼 것이 아니라 배려하는 마음으로 되돌아보는 것이다.

생각지 못한 사건에 조바심을 낼 것이 아니라 배려하는 마음으로 여유를 갖고 풀어가는 것이다.

이것만으로도 지금까지 어깨를 짓누르던 짐이 한결 가벼워질 것이다.

기분이 상쾌하고 가벼워질 수 있다.

인간관계에서도 그늘이 사라진다.

이 책은 부처 사후 부처의 말을 그대로 적었다고 전해지는《법구경(Dhammapada 진리의 말)》을 나 나름으로 풀이한 것이다.

'부처의 말'이라고 하면 오래되고, 어렵다는 인상을 가진 사람이 많을 것이다.

그러나 이 책의 말은 실천적이고 누구나 다 알 수 있는 내용이다.

실제로 부처는 제자들에게 대단히 쉬운 말로 세상의 진리를 가르쳤다.

단지 불교가 발전함에 따라 후세 사람들이 어려운 불교 용어로 바꾸어놓은 것이다. 그 어려운 말이 지금까지 그대로 전해지고 있다.

그러나 알기 쉬운 형태로 풀어 전하면 그 뜻을 더 많은 사람들이 공감할 수 있을 것이다.

따라서 오늘날을 살아가는 사람에게도 살아 있는 지혜로 큰 도움이 될 것이라 확신한다.

차례

1장

긍정적인
성격으로
거듭나기

4가지를 명심하면
인생이 달라진다

게으름을 피우지 마라.
나쁜 생각을 떨쳐라.
마음의 근심을 줄여라.
바보 같은 일에 길들여지지 말라.

행운을 부르는 것이나 불행한 인생을 사는 것이나 모두 자신이
하기 나름이다.
본디 운명은 태어나기 전부터 결정된 것이 아니다.
매일 자신이 무엇을 생각하고, 어떻게 행동하는가에 따라 결정
되는 것이다. 이 세상에 변하지 않는 것은 없다. 고로 자신은 항상
불행하였고 앞으로도 좋은 일은 일어나지 않을 것이라 생각하는
사람이 있다면 우선 그 '잘못된 생각'을 버리기 바란다.
미리 자포자기하고 행복을 위한 노력을 게을리한다면 마음의 짐
만 커질 뿐이다. 여유 없는 빈곤한 생각은 마음속에서 자비심을 빼

앗고 눈앞의 이익밖에 보지 못하는 가난한 마음을 낳는다. 가난한 마음에서는 역시 빈곤한 것밖에 나오지 못한다.

당신은 당신 자신이 생각하는 것보다 훨씬 능력 있는 사람이다.

우선 그것을 아는 것만으로도 운명은 크게 변한다. 그리고 다음 4가지를 시험해보도록 하자.

* 낙관적으로 세상을 본다.
* 개미처럼 꾸준히 노력한다.
* 힘든 때일수록 감사하는 마음을 갖는다.
* 건강을 해치는 일은 하지 않는다.

이 책은 사고를 바꾸는 구체적인 방법을 제시한다. 이로써 당신의 운명은 좋은 방향으로 바뀔 것이다.

'내 인생은 실패하지 않았다'는 사실을 깨닫는다

귀담아 들어야 하는 말 VS
귀를 닫아야 하는 말

꽃장식가의 손엔 항상 아름다운 꽃이 들려 있다.
현명한 사람의 입에선 '좋은 말'이 흘러나온다.
굳이 '나쁜 말'을 새겨 모아둘 필요가 있을까?

푸념, 험담, 부정적인 말에 동조하지 말자.
'나쁜 말'에 넘어가면 행동에 제약이 생기고 더불어 미래에 대한
불안이 싹튼다.
나쁜 말을 전하는 이에게서 멀찍이 떨어져라. 놀랄 만큼 악영향
이 줄어들 것이다.
반대로 '좋은 말'은 "그렇군요. 저도 그렇게 생각합니다." 하고
적극적으로 받아들이자.
내 마음까지 덩달아 긍정적으로 바뀐다.
물론 TV나 신문, 잡지에서 쏟아져 나오는, 불안을 부채질하는
'나쁜 말'을 모두 차단하기는 힘들 터.

그렇다고 한숨짓고 포기할 필요는 없다.

일찍이 부처님은 이렇게 혼란한 세상에서 최고의 인생을 만드는 지혜를 가르쳐주셨다.

훌륭한 꽃장식가가 지금 절정으로 피어 있는 꽃, 바랜 꽃, 앞으로 피어날 꽃을 구분하여 가장 아름다운 꽃만을 취하듯 '좋은 말'만 듣는 것이 중요하다 말씀하셨다.

행복을 기원하는 말, 감사하는 말, 밝은 미래에 대한 믿음을 주는 말을 잡도록 하자.

그런 말만 입에 올려 대화에 아름다운 꽃을 피우자.

괴롭고 슬픈 것에 끌리는 것이 인간의 본성. 그렇기 때문에 더욱 노력하여 밝은 말을 귀담아 들어야 한다.

'좋은 말'을 가려들어라

꿀벌에게 배우는
성공 윤리

벌은 꿀을 딸 때 꽃에게 상처를 주지 않는다.
현자 역시 남에게 상처를 주지 않고
상대의 장점을 자신의 것으로 만든다.

누구에게나 '장점'이 있다.

현자는 타인의 '장점'만을 잘 선별하여 흡수함으로써 자신을 성장시킨다.

멋진 아이디어를 내고 싶으면 그쪽의 훌륭한 인재를 찾아 그 사람이 어떤 책을 읽고, 어떤 영화나 음악에 흥미가 있으며, 어떤 사람과 교제를 하는지 관찰한다.

또한 그에게 적극적으로 질문하여 멋진 아이디어를 내는 방법에 대한 가르침을 받고 이를 체득한다.

이때 상대를 교묘하게 속여 노하우를 훔치거나 상대의 인맥을 가로채는 배신은 절대 하지 않는다.

상대를 따돌리고 자리를 빼앗는다면 그 성과는 전적으로 자신의 것이 될 수 없으며, 언젠가는 업보가 반드시 돌아오기 때문이다.

만약 벌이 꿀만 얻으면 된다는 무책임한 생각으로 꽃에 상처를 내거나 고사시킨다면 어찌 될까? 벌의 생사도 위태로워진다. 꽃에 상처를 내면 결국 손해를 보는 것은 자기 자신이다.

현명한 벌은 오히려 꽃의 수분을 돕는다. 이를 통해 다음 해 다시 꽃을 피우는 자연계의 순환을 만들어내는 것이다.

얻은 만큼 상대에게 돌아가게 만들라. 그럼으로써 비로소 세상이 원활하게 돌아간다.

상대에게 상처가 아니라 이익을 주면서 그의 '장점'을 취하라.

타인의 '장점'을 흉내 내라

돌직구를 날리는 사람을
곁에 둔다

현명한 사람은
자신의 결점을 똑바로 지적해줄 총명한 사람을 가까이 한다.
그 사람이야말로 감춰진 재능을 발굴해줄 사람이기 때문이다.

"그 제안에는 이것이 빠져 있군요."
"당신의 아이디어에서 이런 점이 아쉬워요."
결점을 솔직히 지적해주는 지인을 당신은 어떻게 대하는가?
대개 어리석은 이는 화를 내고 마음에서 멀리 밀어낸다.
현자는 '좋은 지적이다. 앞으로도 곁에 두고 좋은 조언을 들어야
겠다.'라고 생각하고 소중하게 대한다.
상대가 왜 하기 힘든 말을 굳이 입 밖에 냈을까? 그의 마음을 헤
아려보자.
상처를 주겠다든지, 바보 취급을 하겠다는 악감정이 없는 경우
가 대부분이다.

"이대로라면 저 사람은 성장이 정체되겠군. 여기서 약간만 달리 하면 더욱 멋진 결과를 얻을 텐데."라는 생각에서 지적을 한 것이다.

관심이 없는 사람에겐 결점을 말해주는 위험 부담을 감수하지 않는다.

엄격하게 말하면 그만큼 상대를 위하는 마음이 크다는 것이다.

부모가 자녀에게 조언하는 것과 같은 맥락이다.

이를 아는 현명한 사람은 설령 납득이 되지 않더라도 '지적을 해주셔서 감사합니다.' 하고 순순히 머리를 숙인다.

마음속으로 감사하는 마음을 갖는 것만으로도 세상이 새롭게 보일 것이다.

결점을 지적해주는 사람을 소중히 여겨라

평판에 목매지 말아야 하는 이유

꽃의 향기는 바람의 방향을 거스르지 않는다.
그러나 현자의 향기는 바람을 거슬러 퍼진다.
온 세상으로.

훌륭한 것에 대한 평가는 스스로 '대단하다' '멋지다' 라고 선전
하지 않아도 자연스럽게 퍼진다.

어떤 식당은 아무 선전도 하지 않고 간판조차 달지 않았는데도
맛있다는 평판이 퍼져 항상 사람으로 넘친다. '입소문' 이란 바로
이런 것이다.

설령 다른 사람이 내 성과를 가로채고 거짓 악평이 나돌아도, 진
정 힘 있고 성실한 사람은 언젠가 제대로 평가 받기 마련이다.

만약 주위 사람들에게 높은 평가를 얻고 싶다면 자랑하는 데 시
간을 허비할 것이 아니라 공부 시간을 늘려 착실히 실력을 쌓자.

자신이 맡은 임무를 성실하게 해냄으로써 실력이 쌓이고, 이를 바탕으로 확실한 성과를 내면 좋은 평판은 자연히 따라붙게 된다.

반면 실력도 없으면서 과장된 허풍만 떨면 '저 사람은 말뿐'이라는 질 나쁜 소문이 퍼진다.

주위 사람의 평판에 집착할수록 현실은 이상에서 멀어진다.

어리석은 이가 자기 자랑에 빠져 있는 동안 현자는 눈앞의 한걸음을 착실하게 내딛는다.

현명한 이에 대한 소문은 자연히 널리 퍼진다

남과 나,
비교를 하지 않을 수 없다면

어리석은 이는 자신과 타인을 비교하며 후회한다.
현명한 이는 타인과 비교하며 분발한다.

사람은 타인을 의식하는 동물이다.
저 사람과 나, 어느 쪽이 아름다울까?
라이벌과 나, 어느 쪽이 평가가 좋을까?
저 사람과 나, 어느 쪽이 더 행복할까?
이처럼 끊임없이 자신을 타인과 비교한다.
그것이 인간의 특성이므로 비교하는 습성을 아예 버리기는 힘
들다.
다만 중요한 것은 내가 뒤떨어진다고 느낄 때 어떻게 하는가, 바
로 여기에 있다.
예를 들어 동기가 나보다 먼저 승진했을 때 어리석은 사람은 분
한 마음을 억누르지 못하고 과하게 동요한다.

한편 현명한 사람은 감정의 동요가 아무런 이익이 되지 않는다는 것을 알고 있으므로 평안을 유지하려 노력한다.

그리하여 라이벌을 축복하고 뒤처진 데 대한 실망을 분발 에너지로 바꾼다.

아무리 분하고 화가 나도 부정적인 감정으로 행동하면 결코 그 결과가 좋지 않다.

타인과 비교하여 스스로를 지나치게 책망하지 말자.

다만 비교로 인해 생긴 감정에는 책임감을 갖도록 하자.

타인을 보며 발전의 기회로 삼자

사는 게 지루하고
재미없을 때

잠들지 못하는 사람에겐 밤이 길다.
진리를 알려 하지 않는 어리석은 이에겐
인생이 지루하다.

시간이 흐르는 속도는 사람마다 다르다.
당신에겐 매일이 어떻게 느껴지는가?
즐겁다, 재미있다고 느낄 때는 시간이 화살처럼 빠르다.
그에 비해 재미없다, 지루하다, 번거롭다고 느낄 때는 시간이 엿
가락처럼 늘어나 시계만 보게 된다.
인생도 마찬가지.
지금 이 순간을 즐기고 열심히 사는 사람은 하루가 순식간에 지
나가고 매일 밤 내일을 기대하며 잠자리에 든다.
이에 반해 인생이 지루하다 느끼는 사람은 집이든 직장이든 따
분해서 견딜 수가 없다.

누구에게나 오로지 단 한 번밖에 주어지지 않는 인생!

후회 없이 마음껏 즐기고 싶다면, 그리고 인생의 진리를 알고 싶다면, 스스로 '감동'을 찾아내는 노력을 해야 한다.

가장 간단한 방법은 지금까지 알지 못했던 새로운 분야에 도전하는 것.

무엇이든 첫 경험에는 신선한 발견과 감동이 있다.

물론 실패할 수도 있다. 그래도 절대 포기할 수 없는 경험이다.

미지의 경험 하나 하나가 쌓여서 넓고 깊은 인생을 만들어준다.

매일 한 가지씩 새로운 것을 시도하자

창피한 실패를
성공으로 바꾸는 법

어리석은 이는 스스로 자신의 기분을 어둡게 만든다.
현명한 이는 스스로 인생을 밝게 만들려 노력한다.

유명한 가수나 배우들의 지난 이야기를 들어보면
누구나 잊고 싶은 실수나 실패의 경험을 갖고 있음을 알 수 있다.
무슨 일을 하던 베테랑이 되기 전에는 실수를 하기 마련이다.
하지만 실패했다고 낙담하고 움츠리는 것은 어리석은 일이다.
많은 사람 앞에서 창피 당할지 모른다는 생각에 미리부터 피하
는 것은 더욱 어리석다.
거듭 말하지만 단 한 번밖에 주어지지 않는 인생이다.
현자는 부끄러운 실패를 드러내놓고 즐긴다.
사는 동안 실패를 경험하지 않는 사람은 없다.
예상치 못하게 삐끗할 때마다 침울해한다면 적극적인 마음을 항
시 갖기 힘들다.

그러므로 창피한 실패담 따위는 가볍게 웃어넘기는 이야깃거리로 만드는 것이 좋다.

모두에게 웃음을 줄 수 있다면 최소한 그 실패도 쓸모없는 것이 아닌 셈이다.

실패로부터 배우고, 반성하는 것은 중요하다.

그로 인해 과도하게 스스로를 괴롭히고 부끄러워할 필요는 없다.

실패를 많이 한 사람은 많이 배운다.

누구나 실패한다는 배짱으로 실패에 대한 두려움에서 해방되는 것이 중요하다.

무엇이든 다 경험이라 생각하고 마음을 밝게 가져라

돈을 잘 쓰는 방법

사람들은 좋지 않은 결과를 낳는 일에 쉽게 빠진다.
좋은 결과를 낳는 행동을 하기란 어렵기 때문이다.

행복하게 살고 싶다, 꿈을 실현하고 싶다, 만족한 삶을 살고 싶다… 누구나 꿈꾸는 것이다.

그러나 꿈을 실현하기 위해 올바른 행동을 하는 이는 의외로 적다.

오히려 스스로를 불행하게 하는 행동을 하기 쉽다.

예를 들어 다른 사람에겐 절대 돈을 쓰지 않는 사람이 있다.

분명 행복을 얻고 꿈을 실현하는 데 돈은 필수적이다.

그러나 자신만을 위해 써버리면 돈은 도망가고 꿈의 실현도 오히려 멀어진다. 남에게 작은 동전 하나도 베풀 줄 모르는 사람은 주변에 친구가 모이지 않는다. 때문에 좋은 정보를 함께 공유하지 못한다. 또한 정작 자신이 힘들 때 도움을 받지 못해 손해를 보기도 한다. 차갑다는 평가를 받으며 시기심이 섞인 악평이 돌기도 한다.

그렇다면 올바른 행동은? 번 돈의 일부를 자신을 위해 애써준 사람에게 사례한다든지, 곤경에 빠져 있는 친구를 위해 도움을 줄 수 있겠다. 수입에서 일정 비율을 고정적으로 떼는 것도 좋다.

타인에게 무조건 베푸는 행위는 결국 나에게 행복으로 돌아온다.

곤란한 상황에 빠졌을 때 도움을 청할 수 있는 사람이 생기고, 신뢰가 높아져 결과적으로 꿈의 실현도 한층 빨라진다.

긴 안목으로 보자. 그 편이 마음의 여유와 금전관계, 양쪽을 모두 만족시켜줄 것이다.

얻은 것에서 일부를 베풀자

해야 할까, 말아야 할까 고민될 때
틀림없는 판단 기준

어떤 행위를 한 것에 대해 후회할 것을 알고 있다면
애당초 하지 않는 것이 좋다.
즐거움을 안겨줄 일만 하기에도 바쁘다.

현자는 자신이 어떻게 행동할지를 결정할 때 항상 미래를 먼저
생각한다.
　이는 이해관계를 따져 움직인다는 뜻이 아니다.
　자신이 지금 한 행동으로 인해 장래에 후회를 할지 아닌지를 상
상해보는 것이다.
　이것을 함으로써 며칠 후, 몇 년 후 혹은 최후의 순간에 후회할
것 같다면 과감하게 포기한다.
　예를 들어 누구나 직장에 가기 싫은 날이 있다.
　그럴 때는 회사에 가지 않았을 때 벌어질 일을 잠시 상상해본다.
　지금 잠깐 게으름을 부린 탓에 평판이 나빠지고 신뢰를 잃어도

상관없는지를 생각한다. 후회할 것 같다면 다시 마음을 잡고 회사로 향한다.

대단히 화가 나는 일이 있을 때도 감정에 휩쓸려 행동하다 미래에 후회하지 않을지 생각한다.

같은 이치로 '하지 않는 것'에 대해서도 역시 미래에 후회할 것인지 생각해본다.

"좋아하는 마음을 표현할걸 그랬어." "용기 내서 도전했으면 좋았을 텐데." "더 열심히 공부할걸."

판단이 서지 않을 땐 미래를 그려보고 후회가 없는 쪽을 선택하는 것이 현명한 삶을 사는 비결이다.

후회할 행동은 하지 않는다

혼자만 잘살면
재미있을까?

내 처지에 지나치게 집착하지 말자.

집착을 버리는 기쁨을 알자.

"행복하게 해주세요."

"제 꿈이 이루어지게 해주세요."

이처럼 오로지 자신의 행복을 비는 기도만 하지 말자.

가족이나, 친구, 평소 도움을 준 사람, 알지 못하는 누군가의 행복을 빌어주는 것이 중요하다. 진정한 행복은 타인을 위해 행동하는 사람만이 얻을 수 있다.

물건을 구입할 때나 비즈니스에 비추어 생각해보자.

자사의 이익만 추구하는 회사의 제품과, 고객의 기쁨을 제일로 생각하는 회사의 제품, 어느 쪽에 더 손이 많이 가겠는가. 단적으로 말해 상담을 성공시키는 요령은 해당 프로젝트가 상대방에게 얼마나 큰 이익이 되는지 알리는 데 있다.

연애도 마찬가지다.

"당신을 좋아해. 그러니 교제하자, 데이트하자"라고 하는 것은 일방적인 요구일 뿐이다.

호감을 얻고 싶다면 상대가 좋아하는 행동을 함으로써 함께할 때 행복하다고 느끼게 해주어야 한다.

물론 그렇다고 해서 자신의 욕망이나 이익을 완전히 무시하라는 말은 아니다.

자신을 사랑하는 것만큼 다른 사람을 사랑하면 반드시 그에 대한 보답이 돌아온다는 것이 이 세상의 법칙이다.

행복은 결코 일부 재빠른 사람에게만 찾아가지 않는다.

모두의 행복을 비는 마음으로 사람들을 대하다 보면 나에게도 반드시 큰 행복이 찾아온다.

'자신' 만을 고집하는 집착을 버리자

2장

문을
나서야
길이
보인다

꿈을 이루는 사람이
절대 하지 않는 말

무언가 이루어야 할 것이 있다면 우선 행동으로 옮겨라.
그것이 소원을 이루는 유일한 방법이다.

"재능만 있었으면 음악가가 될 수 있었는데…"
"자금만 있었으면 독립할 수 있었는데…. 정말 끝내주는 사업 아이디어가 있었지. 시작만 하면 성공은 확실한 거였는데 말이야."
"다시 학생으로 돌아가면 절대 한눈팔지 않고 공부할 텐데. 그때 너무 놀아서 지금 이 모양이야."
'~만 있다면' 하는 말로 내일의 꿈을 포기하는 사람이 많다.
만약 무언가 이루고 싶은 꿈이 있다면 지금이라도 늦지 않다. 우선 행동하면 된다.
'~만 있다면' 하고 말하는 사람은 자신이 없다는 증거이다. 이런 사람은 설령 자본이 있어도, 학생으로 되돌아간다 해도 꿈을 향해 뛰지 않는다. 또다시 '~만 있다면' 하는 핑계거리를 찾아 우물

쭈물할 것임에 틀림없다.

자신감을 가져라.

이것저것 생각하기 전에 결연히 행동으로 옮기는 습관을 갖도록 하자.

틀림없이 그동안 감추어져 있던 재능이 활짝 피어날 것이다. 재능이 절대적으로 요구되는 분야에서조차 노력을 통해 명성을 얻은 인물이 대단히 많다.

무일푼에서 사업을 일으켜 성공한 기업가도 얼마든지 있다.

환갑이 지나 자격증을 얻어 새로운 분야에 발을 내딛는 이도 있다.

몸을 움직이면 기적이 일어난다.

'지금'이 가장 행동하기 좋은 때이다.

'~만 있었다면' 하는 변명은 그만

아랫사람에게
바보 취급 당하는 사람

입으로는 항상 그럴 듯하게 말하면서
실천하지 않는 사람은 운명을 바꿀 수 없다.
자신이 내뱉은 말을 실행하는 사람만이 행복을 누릴 수 있다.

진정한 리더는 100% 행동하는 사람이다.
의자에 앉아 단순히 지시만 하는 사람이 아니다.
현장을 누비고 선두에 서 있으면서 부하가 도전할 때는 뒤에서 든든하게 받쳐준다. 그리하여 아랫사람들에게 존경받고 신뢰를 얻는다.
반면 어리석은 상사는 '도대체 왜 이렇게 간단한 것도 못하는 거야!' 하고 질책만 할 뿐, '이 간단한 것'을 손수 보여주지는 않는다. 이 경우 부하는 상사를 존경하기는커녕 말뿐이라는 것을 간파하고 뒤에서 손가락질한다.
부하에게 인정받지 못하는 상사가 조직을 잘 이끌어 큰 성공을 이루는 경우는 없다.

아이에게 '책을 읽으면 머리가 좋아진단다. 그러니 책을 많이 읽어라' 라고 입버릇처럼 말하면서 정작 엄마 자신이 책을 읽지 않는다면 아이는 엄마 말을 듣지 않을 것이다.

우선 부모 자신이 아이들이 보는 앞에서 책을 많이 읽는 것이 중요하다.

아이는 그 모습을 보면서 책에 흥미를 느낄 것이다.

사소한 다툼으로 마음이 상한 친구에게 넓은 마음으로 용서하라고 조언한 이가 평소 옹졸하기 짝이 없는 인물이라면 오히려 비웃음을 살 것이다.

입 밖으로 나온 말은 반드시 실천하자.

이것이 신뢰를 얻고 존경받는 사람이 되는 유일한 방법이다.

자신의 말에 책임지는 사람이 되자

요리를 품평하는 사람 VS
요리를 만드는 사람

꽃은 너무나 아름다운데 향기가 없고
열매도 맺지 못하는 식물이 있다.
말이 그럴듯하다고 해서 모두 현자는 아니다.
몸소 실행할 때 비로소 현자가 된다.

그럴듯한 말을 하는 사람이 현자는 아니다.
말주변이 없고 말수가 적어도 올바른 것을 행하고, 매순간 최선
을 다하는 사람이 현자다.
TV 요리 프로그램에서 '이 식당의 요리는 최고!' 라고 판정을 하
는 요리평론가를 흔히 볼 수 있다. 풍부한 지식과 경험을 다양하게
이야기하며 그럴듯하게 해설을 해주므로 보는 이들은 그를 쉽게
추종한다.
그러나 우리가 진정 알아주어야 할 사람은 주방에서 그 요리를
만든 사람이다.

천만 가지 아름다운 미사여구가 쏟아진들 굶주린 사람의 배는 채워지지 않는다.

　진정한 현자는 스스로 손과 발을 움직여 타인을 위해 행동하는 사람이다.

　달콤하고 번지르르한 말이 넘쳐나도 실천이 동반되지 않으면 아무 의미가 없다.

　이는 마치 아무것도 하지 않는 것과 같다.

　꽃만 아름답게 피고 말면 그 종(種)은 사라지고 만다.

　아름다움과 향기로 곤충을 끌어들이고 화분을 널리 퍼뜨려 씨를 남겨야만 다음 해 널리 번성한다.

실천하는 사람이 되자

우물쭈물 망설임에서
벗어나라

젊고 힘이 있는데도
게으름을 피우는 사람은 아무것도 이루지 못한다.
길이 보이지 않는다.

요즘 젊은이들 중에 자신이 원하는 직업이 무엇인지 모르겠다고
고민하는 이가 많다.

그러나 고민만 하고 자신에게 맞는 일을 찾으려는 노력은 거의
하지 않는다.

고작 취업정보지를 들춰보는 것이 전부이다.

누구나 정보를 손쉽게 얻을 수 있는 정보사회다 보니 인터넷과
잡지를 보는 것으로 마치 모든 정보를 얻은 듯 착각한다.

하지만 머리로 알고 있더라도 몸으로 부딪쳐 체득하지 않으면
결국 아무것도 이루지 못한다. 자신의 눈으로 보고 피부로 느꼈을
때 비로소 얻어지는 것, 깨닫는 것이 진짜이다.

진정으로 무언가를 얻고 싶다면 현장에 가서 직접 눈으로 보고, 일하는 사람들의 이야기를 듣고, 실제로 아르바이트를 하면서 경험을 쌓는 것이 기본이다. 책상에 앉아 푸념만 할 것이 아니라 지금 바로 뛰어들어야 할 일이 너무나도 많다.

행동하지 않는 사람은 평생 책상에 앉아 똑같은 푸념만 늘어놓는다. 스무 살이든 오십 살이든 '오늘'이 앞으로의 인생에서 가장 젊고 활기찬 날이다.

'젊음'이라는 에너지를 행동으로 옮기면 길은 반드시 열린다.

젊은 힘을 충분히 발휘하자

특별한 재능이 없어도
이것만 있으면 문제없다!

게으른 사람들 사이에 성실한 사람이 있으면
남들보다 앞서 나간다.
발이 빠른 말이 느린 말을 제치는 것과 같은 이치다.

이런 옛날이야기가 있다.

날이 가물어 마을의 논과 밭이 갈라지기 시작했다. 보다 못해 마을 사람들이 비를 내려주십사 무당을 불렀다.

무당이 사흘간 기도를 올렸으나 결국 비는 내리지 않았다. 무당은 포기하고 마을을 떠났다.

마을 사람들은 '저 무당은 실력이 없어'라며 손가락질했다.

이번에는 더욱 신통하다는 무당을 부르기로 했다.

다음에 온 무당도 사흘간 기도를 올렸다. 그러나 여전히 비는 내리지 않았다. 하지만 그는 포기하지 않고 다시 사흘간 기도를 올렸다. 역시 비는 내리지 않았다. 그러자 다시 사흘간 기도를 하였다.

9일째 되는 날 드디어 기다리고 기다리던 비가 내렸다.

마을 사람들은 그를 용한 무당이라고 칭찬하며 포상을 두둑이 하였다.

사실 그 무당에게 특별한 힘이 있었던 것은 아니다.

단지 비가 올 때까지 계속해서 기도를 한 것뿐이다.

이 이야기는 오늘날 우리에게 중요한 교훈을 안겨준다. 쉽게 포기한다면 아무리 능력 있는 사람이라도 위대한 일을 이룰 수 없다.

성공할 때까지 지속하는 사람이 결국 성공을 이룬다.

위대한 자는 성공할 때까지 지속한다

포기하지 않으면
반드시 이루어진다

한 방울 떨어지는 물이 천천히 물병을 채우듯
'선행'의 열매는 늦더라도 반드시 찾아온다.
기다림에 지쳐 포기해서는 안 된다.
결국 마지막에 크나큰 행복으로 가득 찬다.

한 마라토너가 이런 말을 하였다.

"최고 기록을 단 1분 단축하기 위해서는 며칠간 뼈를 깎는 연습을 계속해야 한다. 하지만 기록을 떨어뜨리는 것은 간단하다. 단 사흘만 연습을 게을리 하면 무려 5분이나 기록이 떨어진다."

한 피아니스트도 이런 말을 하였다.

"매일 열심히 피아노 연습을 해도 실력이 좀처럼 늘지 않는다. 그러나 사흘쯤 연습을 쉬면 실력이 형편없이 떨어진다."

인생 역시 다르지 않다.

아침 이슬이 떨어져 그릇을 채우기까지 오랜 시간이 걸리듯, '좋은 결과'는 오랜 노력 끝에 나타나는 것이다.

이렇게 일을 열심히 하는데…

이렇게 열심히 공부하는데…

이런 생각으로 의지가 꺾이려 할 때 물방울 이야기를 떠올려보자. 멀리 바라보고 긍정적으로 노력하자.

위대한 성공을 이루는 자는 결코 도중에 물러서지 않는다.

'좋은 결과'는 대개 늦게 찾아온다.

달콤한 열매는 그에 대해 잊어버릴 즈음 열린다

행운을 손에 쥐는 비결

아무리 기다려도 '달콤한 열매(행복)'는 떨어지지 않는다.
내가 움직이지 않으면 아무것도 얻을 수 없다.

'스타의 자리는 기다린다고 오지 않는다. 내가 차지하는 것이다.'
예나 지금이나 스포트라이트는 항상 스타 배우에게만 집중된다.
스타 배우를 중심으로 카메라가 움직이므로 조연은 주목받지 못
한다.
그러므로 성공을 원한다면 자신이 적극적으로 스포트라이트 속
으로 들어가야 한다.
주연 뒤에 필사적으로 자리 잡는 노력이라도 해야 카메라에 비
칠 수 있다.
원하는 것을 얻기 위해서는 적극적으로 행동하지 않으면 안 된다.
언젠가 틀림없이 멋진 애인이 나타날 거야.
곧 회사에서 내 능력을 알아주겠지.

누군가 내 감춰진 재능을 알아보고 불우한 환경에서 구해줄 거야.

이런 당치도 않는 신데렐라 스토리는 현실에서 절대 일어나지 않는다.

행운을 잡기 위해서는 행동이 필수이다.

복권을 사지 않으면 복권에 당첨되는 꿈도 꾸지 못하는 법.

멋진 만남도 우선 자신을 어필하지 않는다면 싹트지 못한다. 상대의 흥미를 끌도록 노력하거나 말을 걸어야 한다.

감나무 아래 입을 벌리고 있는 것만큼 어리석은 일은 없다

매뉴얼에 충실한 사람 VS
매뉴얼을 만드는 사람

나만의 방식으로 실제 부딪쳐본 사람만이 지혜를 얻는다.
그저 멍하게 남들이 말하는 대로 따르는 사람은
아무것도 얻지 못한다.

오직 매뉴얼에 충실한, 성실한 사람.

때로 실패를 하지만 자기 나름의 방법으로 도전해보고 독자적인 매뉴얼을 만드는 사람.

누가 위대한 성공을 이룰 수 있을까? 두말할 나위 없이 후자이다.

규모가 큰 기업일수록 매뉴얼대로 움직이는 사람을 선호한다.

후자는 상사의 말에 일방적으로 따르기보다는 엉뚱한 일을 벌려 주위 사람들의 눈총을 받기도 한다.

그러나 3년 후, 5년 후, 평가는 얼마든지 역전될 수 있다.

전자는 참신한 기획에 도전한 경험이 부족하여 리스크 관리나 판단력이 떨어진다.

한편 후자는 다양한 도전 경험을 바탕으로 감각과 판단력을 키운다. 그리하여 지금까지의 방식을 뛰어넘는 새로운 분야를 개척한다든지, 새로운 히트 상품을 만든다든지, 효율적으로 실적을 쌓는 방법을 알아낸다.

실패하지 않으면 새로운 지혜도 얻을 수 없다.

변화가 극심한 현대 사회에서 요구되는 사람은 후자 타입이다.

진정한 지혜는 직접적인 경험을 통해 나온다

약점이 있는 사람이
오히려 강한 이유

몸이 큰 사람이 강한 것이 아니다.
몸이 작은 사람이 약한 것이 아니다.
나태하고 싶은 유혹을 이긴 사람이 강하다.

마이노우미 슈헤이라는 스모 선수는 신장이 170센티미터밖에
되지 않았지만 다양한 기술을 구사하여 자신보다 몸집이 월등히
큰 선수들을 제압하였다.

스모에서 몸집이 큰 사람이 작은 사람에게 패하는 경우를 종종
볼 수 있다.

몸과 몸을 부딪치는 힘의 승부이므로 몸집이 크면 당연히 압도
적으로 유리하다. 그러나 현실은 반드시 그렇지 않다.

이에 대해 한 스모 해설가는 다음과 같이 말한다. "몸이 큰 사람
중엔 자신이 강하다는 착각에 빠져 훈련을 게을리하는 경우가 있
다. 반면 몸이 작은 선수는 단점을 보완하기 위해 필사적으로 훈련

한다. 때문에 땀을 충분히 흘리지 않은 몸집 큰 선수가 노력가인 작은 선수에게 패하는 일이 벌어지는 것이다."

선천적으로 뛰어난 재능을 타고난 이는 자만심에 노력을 게을리하기 쉽다.

역으로 약점이 있으면 참신한 기술을 개발하고 피나는 노력을 한다.

"학벌이 떨어지는 덕분에 남들보다 두 배 세 배 더 열심히 일할 수 있었다."

"선천적으로 몸이 약한 탓에 평소에 건강관리를 세심하게 하여 결과적으로 장수하였다."

……

이러한 예는 얼마든지 있다.

요는 선택의 문제다.

'핸디캡이 있어서 무리'라는 이유로 포기할 수 있다.

'핸디캡이 있어서 오히려 가능한 것이 있다'라고 전향적으로 도전할 수도 있다.

당신은 어느 쪽인가?

약점을 강점으로 만들자

3장

언제
어디서든
살아남는
비결

거절을 두려워하면
아무것도 못한다

신념을 가지고 자신이 해야 할 일에 매진하는 사람은

커다란 난관에도 꺾이지 않는다.

돌산이 바람에 흔들리지 않듯…

거절당하면 금세 풀이 죽는 이가 있다.

짝사랑하는 사람에게 거절당했을 때,

고객에게 거절당했을 때,

당연히 기운이 빠진다. 그러나 뜻대로 되지 않았다고 해서 실망
할 필요는 없다.

　풀이 죽으면 은연중에 '역시 나는 안 돼' 하고 자신을 과소평가
하게 된다.

　이 부정적인 마음의 습관은 운세까지 나쁘게 만든다. 도전정신
을 갉아먹고 사람들 앞에 나서기 전에 '어차피 힘들 텐데' 하고 지
레 포기하게 만든다.

한 번에 완벽하게 이뤄지는 인생은 없다.

어느 올림픽 은메달리스트가 자신의 책을 내고 싶어서 출판사에 기획서를 보냈다. 그런데 보내는 족족 퇴짜를 맞았다. 그럼에도 그녀는 포기하지 않았고 결국 51번째 도전 끝에 출판이 결정되었다고 한다.

진짜 승부는 거절당하는 순간부터 시작된다.

포기하지 말고 한 발 한 발 나아가도록 하자.

이런 결과들이 모여 어떤 난관도 헤쳐 나갈 수 있다는 신념이 바위산처럼 단단해진다.

좋아하는 사람에게 거절당했다 해도 나의 매력을 알아줄 사람이 반드시 있다는 믿음으로 다음 만남을 찾아라.

신념을 가지고 스스로 분발하는 사람이 되자

작은 성공을 많이 체험하라

자신을 뛰어넘는 이는
격류에 휩쓸리지 않고 섬처럼 흔들리지 않는다.

무조건 최고를 꿈꾸기보다 '자기 신기록' 경신을 목표로 하는 것
이 좋은 결과를 얻는 데 효과적이다.

우리나라 최고가 되겠다! 성과를 10배로 올리겠다! 체중 10kg을
빼겠다! … 원대한 목표를 세우는 것은 평가할 만한 일이지만 지나
치게 높은 목표는 오히려 좌절을 안겨준다.

그보다는 착실하게 '자기 신기록'을 달성하는 것이 결과적으로
성과가 더 크다.

예를 들어 일주일에 계약 1건을 성사시키는 사람이라면 다음 주
에는 2건, 그다음 주에는 3건, 이런 식으로 매일, 매주, 매월, 자신
을 착실하게 향상시키는 것이다.

자기 신기록을 경신할 때마다 커다란 기쁨과 성취감을 얻는다.

그리고 이것은 다음 목표에 대한 도전 의욕을 부추겨 좋은 순환 고리를 만든다.

성공 체험이 하나씩 쌓이고 최종 목표 실현이 더욱 구체적으로 다가오면 웬만한 난관에도 쉽게 좌절하지 않는다.

자기 자신에 대한 도전, 이것은 흔들리지 않는 섬과 같이 강한 정신력을 만들어준다.

넘버원을 지향하기보다 자신을 이기는 습관을 들인다

칭찬받을 때, 험담을 들을 때, 이때가 정말 중요한 순간

비난에 흔들려서는 안 된다.
새털 같은 아첨에 가볍게 들떠서도 안 된다.
태풍에도 꿈쩍 않는 큰 바위가 돼라.

사람은 누구나 다른 사람의 말에 쉽게 흔들린다.
비난을 받으면 화가 나고, 달콤한 말엔 기분이 들뜬다.
그러나 화가 나거나 들뜬 상태에서 행동하게 되면 냉정하게 판단하지 못하고 결과가 좋지 않다.
현자는 타인에게 비난을 받든 빈말을 듣든 자신이 나아가는 바에 흔들림이 없다.

올바른 삶을 살고 싶다면 타인의 말에 가볍게 혹하지 않도록 스스로를 잘 조절해야 한다.
이유 없는 비난을 받았을 때는 '나는 잘못된 일을 하지 않았다,

나는 올바른 길을 걷고 있다'고 마음을 다잡아라.

화를 내며 따진들 아무런 득이 없다.

반대로 누군가가 아첨을 할 때는 '정말 괜찮나? 더 노력해야 하지 않나?' 하고 엄격하게 되물어보자.

이로써 마음의 균형을 잡는다.

격정에 흔들리지 않고 지나치게 낙담하지도 않는 안정된 마음이 올바른 판단으로 이끌어준다.

'비난'에도, '칭찬'에도 흔들리지 말자

때로 세상은 잔혹하다

누군가의 소문만 믿고 험담을 퍼뜨리는 이는
반드시 부메랑을 맞는다.
바람을 거슬러 던진 쓰레기가
다시 자신에게 돌아오는 것과 같다.

소문은 무섭다.
특히 '나쁜 사람'만이 아니라 '좋은 사람'에 대해서도 악의적 이
야기가 돌 수 있다는 점에서 무차별적이다.
예를 들어 능력이 뛰어나고 대인관계도 좋아 상사의 총애를 받
는 여성에 대해, 누군가 질투하여 '그녀는 상사와 불륜 관계다'라
고 전혀 근거도 없는 소문을 퍼뜨리는 일이 있다.
평판이 좋은 사람이 있으면 이를 시기하여 험담하는 사람이 반
드시 생겨나기 마련이다. 세상은 때로 그렇게 잔인하다.
그러므로 현명한 사람은 이런 계략을 잘 간파하여 험담이나 소

문에 동조하지 않는다.

소문의 당사자보다 험담을 퍼뜨리는 사람이 더 나쁜 사람이라는 것을 간파하고 있기 때문이다.

반면 어리석은 사람은 나쁜 소문을 무조건 믿고 진실 여부와 관계없이 '저 사람은 나쁜 사람이다' 하고 단정 짓는다. 더 나아가 자신도 분위기에 휩쓸려 여기저기 악담을 퍼뜨리는 데 일조한다.

그러나 이 같은 무책임한 행동은 언젠가 반드시 매서운 응보로 되돌아온다.

소문을 믿기보다 우선 사람을 보는 눈을 길러라.

그리고 자신의 잣대에 근거하여 상대의 인간성을 확인하라.

타인의 악업에 동참하여 악업을 쌓지 말고 항상 사물을 정확하게 파악하자.

소문에 현혹되지 말라

쾌락과 중독에
빠지지 않는 방법

눈앞의 하찮은 쾌락을 버리고
더 큰 기쁨을 구하라.
이로써 한층 큰 존재로 성장할 것이다.

'하찮은 쾌락'에 빠져 '하찮은 인생'을 사는 사람이 많다.

학창시절 시험 기간에 공부를 팽개치고 게임에 빠진다든지, 만화책을 찾았던 경험이 누구나 있을 것이다.

맡겨진 임무가 커지면서 음주 양이 늘고 심지어 도박에 빠지는 사회인도 있다.

게임, 만화, 술, 도박 모두 한때의 하찮은 쾌락이다. 잠깐 기분전환을 위한 수단이라면 문제없지만, 중요한 일을 목전에 둔 사람이 해야 할 행동은 아니다.

일시적인 쾌락이나 애욕, 환락에는 쉽게 중독이 된다.

스스로를 조절하지 못하게 되는 것이다.

이는 꿈을 가지고 앞으로 전진해야 할 사람에게 큰 장애물이다.

쾌락의 유혹이 다가올 때면 지금 이 유혹을 극복하고 나서 나중에 얻을 수 있는 커다란 환희를 구체적으로 그려보라.

마음을 추슬러 지금 공부를 하면 목표 하는 학교에 한발 더 가까이 갈 수 있다.

지금 업무의 압박감을 극복하면 성공으로 가는 큰 걸음을 내딛을 수 있다.

이런 자기 암시가 유혹을 제어하는 데 큰 도움이 될 것이다.

쾌락은 순간, 더 큰 기쁨을 구하라

많은 이들의 기대를 받는 사람이
극복해야 할 것

평판이 나빠지면 다시 되돌리기 힘들다.
신뢰를 저버리는 행동에 조심하라.

사람들은 기대를 배반당하면 실제보다 더욱 크게 실망한다.
예를 들어 식도락 잡지에서 극찬한 레스토랑에 갔는데 기대만큼
훌륭하지 않을 경우 낙담이 크다.
객관적으로 그 레스토랑의 요리는 평균 이상일 테지만 기대가
높았던 만큼 평가는 더욱 낮아진다.
95점 이상의 기대를 받는 사람이 90점을 받았다면 만족스러운
결과가 아니다.
이는 사람 사이의 신뢰관계에도 적용된다.
능력 있는 사람일수록 주변의 기대가 크다.
큰 만큼 이에 응하지 못했을 경우 평가는 급격하게 떨어진다.
그러므로 기대에 응하기 위해서는 2배, 3배 더 노력해야 한다.

사실 사람들의 기대에 부응한다는 것은 보통 일이 아니다.

그 부담감 때문에 중도에 떨어져 나가는 사람도 있다.

재벌 2세 중에 도중에 좌절하는 사람이 많은 것도 이런 이유다.

그렇다고 해서 기대 받는 것을 두려워해서는 안 된다.

부담감을 지렛대 삼아 더 높은 곳으로 비약하는 것이 진정한 성공이다.

매우 어려운 일이지만 기대에 응해 분발하는 것이 기대 받는 이의 사명이다.

신뢰에 보답하라

3백 년을 이어 내려온
유서 깊은 가게의 비결

결국은 진실만이 살아남는다.

거짓말하는 사람은 끝내 이길 수 없다.

200년, 300년 이어져 내려온 유서 깊은 상점을 보면 '정직'을 신념으로 하는 곳이 많다.

거짓말이 장사를 망친다는 사실을 알고 있는 것이다.

아주 싼 가격에 구입한 상품을 고급품이라 속여 터무니없이 높은 가격에 판다면 잠깐은 돈을 벌겠지만 결코 오래 지속되지 못한다.

결국 사람을 움직이는 것은 신뢰이다.

장사란 신용을 매개로 상품과 금전을 교환하는 것이다.

'신뢰'는 비단 장사뿐만 아니라 모든 인간관계의 근본이다.

상대의 눈에 들기 위해서, 혹은 어려운 상황을 피하기 위해 거짓말을 한다면 그 자리는 어찌 모면할 수 있겠지만 언젠가는 거짓말이 드러나고 만다.

그러면 신뢰가 한꺼번에 무너진다.

한번 잃어버린 신뢰를 되돌리기란 깨진 독에 물을 담는 것보다 어렵다.

이윤이 크지 않더라도 정직한 마음을 유지한다면 고객은 신뢰로 보답할 것이다.

'거짓말은 도둑질의 시작' 이라는 말이 있다. 아무리 본인에게 그런 마음이 없더라도 세상의 평가는 냉정하다.

정직은 언제나 인간관계의 기본이며, 오래 번영하는 비결이라는 사실을 잊지 말라.

거짓말쟁이보다 정직한 사람이 오래 살아남는다

진짜에서만 느낄 수 있는
사람을 끄는 힘

성공한 사람의 옷차림을 그대로 따라 한다고
성공한 사람이 되는 것은 아니다.
모형 과일이 아무리 그럴싸해도
향기와 단맛을 내지 못하는 것과 같다.

큰 히트 상품이 나오면 이를 비슷하게 모방한 상품이 줄지어 나
온다.
그러나 그 어떤 것도 오리지널 상품만큼 인기를 얻지는 못한다.
유사 상품에는 제작자의 열정이나 신념이 담겨 있지 않기 때문
이다.
뿐만 아니라 남의 성공에 기대어 무임승차하겠다는 치사한 근성
과 성공을 시기하는 마음이 들어 있다.
세상에 진짜를 이기는 것은 없다.
사람도 마찬가지다.

동경하는 사람의 말투, 복장, 먹는 음식까지 따라 하는 이가 있다. 멘토의 사고방식을 배우는 것은 의미가 있지만 단순히 영혼 없는 외견만 흉내 내는 것은 사상누각과 같다.

흉내로는 진짜를 만들 수 없다.

역사상 다른 사람을 흉내 내어 노벨상을 받은 이는 없다.

세상이 원하는 것은 바로 독창성.

나만의 독창성을 높이는 방법을 고안해보자.

* 사람들이 하지 않는 것에 흥미를 갖는다.

* 유명 관광지가 되지 않은 곳을 여행한다.

* 유행을 쫓아갈 것이 아니라 잊힌 것을 되돌아본다.

* 사색을 통해 나만의 어휘를 찾아낸다.

독창성을 개발하자

요리사가 알려주는
생존력을 높이는 방법

사람들에게 '이렇다, 저렇다'는 말을 듣기 전에
스스로 먼저 생각하고 움직이자.

일류 레스토랑의 조리실을 들여다보면 베테랑 요리사가 신참에게 '이 요리의 맛은 설탕 1큰술, 소금 약간…' 하는 식으로 일일이 친절하게 가르쳐주지 않는다. 신참은 설거지통으로 넘어온 냄비나 프라이팬에 남은 소스를 혀로 직접 핥아보고 맛을 기억해야 한다.

물론 핥아본다고 해서 어떤 양념을 얼마나 썼는지 알 수 없다. 이것은 직접 알아내야 한다. 시행착오를 거쳐 베테랑 요리사가 만든 맛과 비교해보고 창의적인 연구를 거듭하면서 실력을 쌓는 것이다.

비단 요리의 세계만 그런 것이 아니다. 모든 일에 적용되는 성공 법칙이다.

다른 사람에게 배운다고 생각하고 있으면 사람은 수동적이 되고 만다.

사고가 정지된 사람에게선 참신한 발상, 재미있는 기획이 나오지 않는다.

그러므로 생각하는 힘을 키우는 것은 곧 언제 어디서든 살아나갈 수 있는 힘을 키우는 것과 같다.

생존력이 뛰어난 사람이 되길 원한다면 다음 4가지를 명심하자.

＊ 최대한 모든 사실(데이터)을 모은다.
＊ 추론하고 예측한다.
＊ 추론을 실제로 시험해보면서 확인(검증)한다.
＊ 배운 대로 되는 것에 만족하지 말고 다른 가능성을 함께 찾는다.

요리의 맛은 냄비를 핥아가면서 기억하는 것

4장

'멋진 나'로
변신하기

마지막 순간에
후회하지 않기 위해

높은 지위를 얻는 것이 전부가 아니다.
자신이 만족할 만한 인생을 살았는가가 중요하다.

지위가 높고 재산이 많으므로 행복하다?
이런 공식은 성립되지 않는다.

한 여성 경영자는 일에서 성공하는 것이 행복이라 믿고 수십 년간 앞만 보고 달려 결국 최고의 위치에 서고 보니 가슴에 커다란 구멍이 뚫린 것 같은 느낌이 든다는 말을 하였다.

"지금으로부터 수십 년 전, 사랑하는 사람에게 프러포즈를 받았지만 일을 선택했다. 일에 집중하려면 가정을 돌볼 시간이 없고 독신이어야 한다고 판단했다. 하지만 지금 돌이켜 생각해보니 당시 나는 잘못 생각하였다. 일에서 성공하는 것과 여자로서의 행복, 모두 필요한 것이다."

하나의 꿈을 이루기 위해 다른 꿈을 포기할 필요는 없다.

더욱 분발하여 모두 자기 것으로 만들면 된다.

과연 모든 것을 손에 넣는 것이 가능할까?

사람들이 죽기 전에 가장 후회하는 것이 '그것을 했으면 좋았을 텐데…'이다.

다시 말해 '무언가를 한 것'이 아니라 '하지 않은 것'을 후회하는 것이다.

꿈에 도전하는 것이야말로 만족스런 인생을 사는 방법이다.

꿈을 포기하지 않음으로써 '후회' 없는 인생을 살 수 있다.

스스로 '만족하는 인생'을 만들자

자기비하는 병이다

자신을 소중히 하라.
스스로를 소중히 하지 않는 사람은 점점 스러진다.

열등감에 사로잡혀 자신이 싫다고 말하는 이가 있다
'말을 잘 못하는 내가 싫다.'
'삼류 대학을 나온 내가 싫다.'
'외모가 못난 내가 싫다.'
하지만 돌려 생각하면 사실 자신에 대한 애정이 있기 때문에 다른 사람보다 뒤처진 것이나 약점에 신경을 쓰는 것이다. 좋아하기 때문에 '이 약점만 없으면 내가 완벽할 수 있는데 슬프다, 분하다' 하고 열등감을 갖는 것이다.
삶을 알차게 채우고 싶다면 자신을 소중히 여겨야 한다. 자존감이 없는 인생은 슬프고 비참할 뿐이다.
그러므로 뒤떨어진 점, 평균 이하인 부분까지 모두 포함해서 자신을 사랑하라.

"말을 좀 못해도 돼. 이것도 개성이잖아."

"삼류 대학을 나왔지만, 좋은 추억을 정말 많이 만들었잖아. 그 동안 숨어 있던 재능도 발견했고."

이렇게 웃으며 얘기할 수 있게 된다.

조금 뒤처진 약점까지 포함해서 자신을 사랑하라. 미소가 얼굴 에서 떠나지 않을 것이다.

자신을 소중히 여겨라

존경받는 사람이 되기 위해
명심해야 할 3가지

"이것은 저의 성과입니다."

이렇게 말하며 으스대고, 오만하게 행동하는 이는 어리석다.

현자는 결코 자신을 내세우지 않는다.

진정 위대한 업적을 이룬 사람은 자랑하지 않는다.

그 위업을 사람들이 칭송하고 떠받들 때도 혼자 이룬 것이 아니라 많은 사람의 협력 덕분이라며 겸손함을 잃지 않는다.

사람들은 대개 자기자랑을 늘어놓는 사람을 백안시한다.

저 사람은 과연 진실을 말하고 있나? 과장된 것은 아닌가? 으스대는 것을 보니 주변에 사람이 있을 리 없어. 이처럼 나쁜 인상을 갖는다.

이런 현실을 모르고 시종일관 자기 자랑에 열을 올리는 사람은 어리석다.

존경받는 사람은 다음 세 가지를 항상 마음에 새기고 있다.

* 항상 '~덕분에'라는 감사의 마음을 갖는다.
* 칭찬을 받으면 동료를 먼저 내세운다.
* 항상 겸허한 마음을 갖는다.

다른 사람을 추켜세우는 것은 결과적으로 자신의 평가를 높이는 것이다. 결국 자신을 소중히 하는 것과도 이어진다.

공은 먼저 타인에게 돌리자

위기에 강한 사람이 되는 방법

깊은 호수가 맑고 깨끗하듯
현자의 마음은 항상 청명하다.
말은 항상 그윽하다. 행동은 항상 평온하다.

진정 실력 있는 사람은 애써 두드러지려 하지 않는다. 동료와 친구들 뒤에 조용히 자리하고 있으면서 결정적인 순간을 위해 실력을 닦고 힘을 축적한다.

이런 사람은 겉은 깊은 바다처럼 잔잔하지만 마음속은 열정으로 불탄다. 그러므로 말수가 적어도 존재감이 크다.

조용히 물러서 있음에도 눈에 띄게 바쁘게 다니는 사람보다 많은 일을 완수한다.

호수같이 고요한 마음을 유지하고 있노라면 다양한 것이 눈에 들어온다. 자신을 둘러싸고 있는 상황, 주변 사람들의 감정의 흐름,

현재 자신이 맡아야 할 역할 등.

그리하여 기회가 왔을 때나 문제에 부딪혔을 때 힘을 발휘하여 큰 활약을 한다.

반대로 항상 큰 소리로 떠들고 부산하게 행동하며 사방팔방 얼굴을 내미는 인물은 막상 위기가 닥쳤을 때는 꼬리를 감춘다.

사람의 진정한 힘은 위기가 닥쳤을 때 비로소 알 수 있다.

결정적인 고비에 어떻게 행동하고, 어떻게 결단하는가가 그 사람의 진가를 결정한다.

위기에 힘을 발휘할 수 있도록 평소에 조용히 힘을 키워두자.

위기에 대비하여 힘을 비축하라

사람을 매혹시키는 아름다움은
외모에서 나오지 않는다

마음을 맑게 가져라. 올바르게 행동하라.
이로써 진정한 아름다움이 피어난다.

한 유명 모델의 말이다.
"많은 돈을 들여 좋은 옷을 입으면 누구나 멋져 보인다. 그러나
그런 삶은 행복을 보장하지 않는다."
시장에서 산 값싼 옷을 입고 있어도 내면의 아름다움이 풍겨 나
오는 이가 진정한 멋쟁이다. 이런 경지에 오르기 위해서는 무엇보
다 마음을 곱게 하고 품행을 바르게 하는 것이 중요하다. 아름다운
분위기는 아름다운 내면에서 나오기 때문이다.
내면의 아름다움은 조형의 아름다움을 뛰어넘는다.
사람을 매혹시키는 아름다움은 평소 그 사람의 언행에 의해 만
들어진다.
자비심이 깊거나 자원봉사 활동에 참가하거나 사회 공헌이 많은

사람의 얼굴을 보라.

마음이 평온하면 세상을 헤쳐 나가는 방법 역시 지혜로우니 동작 하나에 사람들의 마음이 풀어지기도 한다. 이들은 과도하게 욕심을 부리지 않는다. 음식을 혼자 다 먹겠다고 차지했다가 남기기보다 여럿이 나눌 줄 안다.

마음을 닦는 것만큼 아름다운 몸을 만드는 확실한 비법은 없다.

마음이 삭막한 사람이 아무리 화려하게 치장을 한들, 정갈한 사람의 평온한 표정이나 따뜻한 분위기는 따라올 수 없는 법이다.

청정한 언행이 아름다운 분위기를 만든다

자신을 연마하는
가장 빠른 지름길

타인의 나쁜 행동을 보고 따라 해서는 안 된다.
타인의 좋은 행동을 보았을 땐 반드시 따라 하라.

슬프게도 이 세상엔 남을 속이고 심지어 돈까지 갈취하는 사람이 있다.

자신의 실수를 모르는 척하고 다른 사람 탓으로 돌리거나 남의 공을 가로채는 사람도 있다.

이런 사람을 보았을 때 당신은 무슨 생각을 하는가?

"저런 기발한 생각이 있나? 나도 따라 해야지." 하고 다짐하는 어리석은 사람은 없을 것이다.

그런데 의외로 현실에서는 그런 어리석은 일이 많이 벌어진다.

한번 곰곰이 자신을 되돌아보자. 상사가 하고 있으니 나도 괜찮겠지… 모두가 하고 있으니 이 정도라면 어때… 하는 마음으로 슬쩍 동참한 일은 없는가?

정도에 맞지 않는 일은 결국 언젠간 자신에게 업으로 되돌아온다.

사람의 행동은 마음을 지배한다.

악한 행동은 마음까지 검게 물들인다.

누군가를 흉내 낼 요량이라면 선행을 흉내 내도록 하자.

친절을 베풀고, 칭찬을 아끼지 않으며, 남의 행복을 함께 기뻐하고, 자신의 일에 책임을 다하는 존경할 만한 사람을 찾아 그의 행동을 귀감으로 삼아라.

좋은 언행은 마음을 맑게 한다.

마음을 따뜻하게 한다.

항상 긍정적인 마음을 갖도록 한다.

따라 해야 할 것은 악행이 아니라 선행이다

뇌와 몸의 젊음을 유지하는
특효약

배움의 의욕이 없는 사람은 빨리 늙는다.
돼지처럼 살만 늘어날 뿐 지혜는 늘지 않는다.

나이가 들면 얼굴에 주름이 지고, 피부도 생기를 잃는다.

그런데 나이가 아무리 들어도 눈동자가 아이처럼 빛이 나고 표정엔 호기심이 가득한 이들이 있다. 한마디로 생기를 잃지 않는 사람들이다. 형형한 눈빛과 호기심 어린 표정이야말로 진정한 젊은이다.

이런 사람들을 살펴보면 개인적인 시간을 충실하게 활용하여 새로운 배움에 도전하며 자신의 능력을 끊임없이 향상시킨다는 공통점이 있다.

바로 '배움의 의욕'이 젊음을 유지하는 비결인 셈이다. 실제로 뇌세포의 활동이 활발해지므로 매우 효과적인 건강법이다.

생활이 바빠서 배울 여력이 없다는 사람도 있다.

시간이 남아도는 사람은 아무도 없다. 시간은 스스로 '만들어내는' 것이다.

아침에 30분 일찍 일어나거나, 잠들기 전 30분간 공부를 하는 등 짧게라도 매일 조금씩 지속하면 상당한 시간이 된다.

이를 3년만 계속하면 그 분야에 꽤 밝은 사람이 될 수 있다.

덕분에 업무에서도 집중력이 생겨 생활에 활력이 붙는다.

지속력이 가장 무서운 '힘'이다. 작심삼일이라도 계속 도전하면 된다.

사회인의 공부 비결은 두 가지다. 서두르지 말 것, 무리하지 말 것.

공부는 지식뿐만 아니라 젊음을 유지시켜주는 일석이조의 자기수양법이다.

배움을 즐기는 사람은 늙지 않는다

5장

나눔,
상상
이상의
즐거움

실적이 좋은
세일즈맨의 공통점

남을 위해 좋은 일을 하면 누구보다
자기 자신이 만족감을 느낀다.
그 환희는 현세만이 아니라 내세로까지 이어진다.

우수한 실적을 올리는 세일즈맨을 살펴보면 공통점이 있다.
바로 서비스 정신이 뛰어나다는 것이다.

훌륭한 세일즈맨은 '매상을 올리는 것' 보다 '어떻게 하면 고객
을 기쁘게 할 수 있을까?' 를 고민한다.

고객을 행복하게 하는 것이 자신의 업무 만족감으로 이어진다는
것, 그리고 이것이 장기적으로는 급여로 되돌아온다는 것을 알고
있기 때문이다.

그렇다면 어떻게 하는 것이 고객을 위하는 일일까?

값이 싸면 좋아할 것이라 생각하고 무조건 싼 제품을 공급하면
어떨까.

고객이 만약 가격이 비싸더라도 좋은 품질을 원한다면 이는 고객을 위한 행동이 아니다.

노력을 했는데도 고객들의 반응이 좋지 않다면 자신이 좋다고 생각한 것과 상대가 좋다고 생각한 것에 차이가 있다는 얘기다.

이런 점에서 타인을 위해 좋은 일을 하기란 쉽지가 않다.

실패하지 않으려면 우선 상대에 대해 세심하게 관찰해야 한다.

상대의 이야기를 열심히 듣고, 진정한 속마음을 파악하는 것이다.

상대 입장에서 생각할 줄 아는 사람이야말로 진정으로 타인을 만족시킬 수 있다.

타인의 이야기를 잘 들어 상대의 욕구를 파악하라

가난해도
행복하게 사는 방법

누군가에게 부탁을 받았다면
가난하더라도 줄 수 있는 것을 찾아 주어라.
그 자리를 하늘이 은혜로 채워줄 것이다.

가난한 한 가족이 있다.

먹을 음식을 살 돈조차 부족했지만 매우 행복하게 살고 있었다. 좋은 일이 있으면 모두 한마음이 되어 기쁨을 나누는 '현자의 마음'을 가졌기 때문이다.

아버지가 밖에서 좋은 일이 있으면 엄마와 아이들 모두 자신의 일처럼 기뻐했다. 아이가 좀처럼 볼 수 없는 새를 보았다고 기뻐하면 엄마와 아빠 모두 즐거워했다. 이웃에 좋은 일이 생기면 가장 먼저 달려가 축하해주었다. 많지 않은 돈을 나누어 선물을 사고 손을 맞잡고 기뻐했다.

비록 가난하였지만 이들에겐 불행이 끼어들 틈이 없었다.

모두의 얼굴에는 항상 미소가 떠나지 않았다.

'가난'이 곧 불행은 아니다.

즐거운 일이 있는 사람에게 찬물을 끼얹거나 질투하는 마음을 가진 사람이 더 불행하다.

그런 사람은 아무리 돈을 쌓아놓고 있어도 마음이 족하지 않다.

기쁨은 나누고 불행은 돕는다. 이것을 당연하게 받아들이는 사람은 어떤 상황에서도 풍요롭다.

'애정'과 '배려'가 넘치는 행동은 좋은 인연을 만들고, 그 인연을 통해 행운이 찾아온다.

타인의 행복에 진심으로 기뻐하라

낙심한 사람에게
기운을 주는 방법

주변 사람이 침울해 있을지라도
홀로 애써 밝은 마음을 유지하라.
긍정적인 마음으로 그들의 기운을 북돋아주어라.

주변 사람이 침울해할 때 함께 어두운 낯을 하지 말라. 오히려 밝은 얼굴로 모두에게 새로운 기운을 불어넣어라.

사람의 마음은 쉽게 전염된다.

회사가 추진하던 일이 원활하게 진행되지 못할 경우 자연히 경영자의 조바심이 사원에게까지 전달되어 전체 분위기가 무거워진다.

경기가 좋지 않은 가게에선 어두운 분위기가 느껴진다. 매출이 낮은 점원의 얼굴엔 그늘이 있다.

이런 상태라면 일이 더욱 꼬인다.

어둡고 활기가 없는 점원을 일부러 찾아가는 고객은 없다.

미소가 없는 곳에선 멋진 아이디어도 나오지 않는다.

당신이 경영자든 직원이든 항상 최선을 다해 밝게 행동하라.

그러면 분명 당신의 밝은 미소가 주변에 전염될 것이다. 회사 전체에 활기가 돌아오면 자연히 고객도 다시 돌아온다.

태양처럼, 해바라기처럼 분위기를 밝게 바꿀 수 있는 사람에겐 신뢰가 모인다.

이것이 리더의 필수 조건이다.

밝은 미소를 항상 마음에 새기고 있다면 반드시 큰일을 해내는 인물이 될 것이다.

주변 분위기에 자신의 감정까지 휩쓸리지 말자

마음의 짐을 덜어주는 생각법

어리석은 사람은 '내게는 자식이 있다'고 말하며
아이 문제로 고민하고, '재산이 있다'고 말하며 잘난 체한다.
하지만 본디 자신의 몸조차 내 것이 아니다.
하물며 재산과 자식이야 더 말할 것이 무엇이랴.

이 세상에 '내 것'이라 말할 수 있는 것은 아무것도 없다. 돈도
자식도 애인도 내 것이 아니다.
　돈을 아무리 많이 쌓아 놓아도 죽을 때 한 푼도 가져갈 수 없다.
자신의 몸조차 하늘로부터 빌린 것, 온전히 내 것이라 할 수 없다.
　그러니 애인이나 자식을 소유물처럼 다뤄서는 안 된다.
　그들에겐 그들의 의사가 있고, 입장이 있고, 생각이 있다.
　남편이라고 해서, 아내라고 해서 상대를 속박해서는 안 되며, 내
마음대로 조종하려 해서도 안 된다.
　애인이나 자식의 자율성을 존중해야 한다.

내 자식이니까, 내 애인이니까 이렇게 하는 게 당연하다, 라고 생각하고 상대의 의견을 무시해서는 안 된다.

내가 상대를 위해 할 수 있는 일이 무엇인지를 생각한다면 인생이 한층 즐거워진다.

사람은 '내 것'이라 믿었던 것을 잃어버렸을 때 큰 충격을 받는다. '내 것'이라는 믿음, 집착이 고통을 낳는다.

그러므로 소유욕과 집착에서 해방될 수 있다면 평온한 마음을 유지할 수 있다. 쓸데없는 시기심과 질투심도 사라진다.

모든 것을 하늘로부터 받은 선물이라 여기고 감사하라

베풀면 더 행복해지는
나눔의 공식

인색한 사람에겐 천국의 문이 열리지 않는다.
오로지 남과 나누는 기쁨을 아는 사람만이 그 주인공이다.

옛날 굶주린 여행자가 부유해 보이는 집 앞에서 발길을 멈추었다.

그는 주인에게 "며칠을 먹지 못했습니다. 조금이라도 좋으니 먹을 것을 좀 나눠주십시오." 하고 애걸하였다.

그러나 주인은 "당신에게 나눠줄 음식은 없네."라며 야박하게 내쫓았다.

여행자는 할 수 없이 가난해 보이는 집을 찾아가 똑같은 부탁을 하였다. 이 집의 주인은 가족들 먹을 음식도 충분치 않은 상황이었지만 흔쾌히 여행자를 맞아들여 음식을 나누어 주며 하룻밤 묵어가도록 하였다.

사실 이 여행자는 길을 나선 신이었다.

그 뒤 신은 유복한 사람에게 병을 내리고, 가난한 사람에게는 부를 내렸다.

이 옛날이야기가 말하는 것은 '다른 사람과 나누는 것'의 즐거움을 알라는 것이다.

곤궁에 처한 사람조차 외면하는 인색한 사람은 아무리 많은 돈을 쌓아놓고 있어도 결코 욕심이 충족되지 않는다. 지금 자신에게 있는 것보다 없는 것에 더 마음을 쏟기 때문에 한시도 마음이 편안하지 않다.

쌓아두기보다 함께 나누는 데 힘써라. 타인에게 베풀면서 좋은 인연이 만들어지고, 더불어 쓸쓸하지 않은 인생을 보내게 된다.

나눌 수 있는 것을 나눠라

괜한 경쟁으로
마음을 힘들게 하지 말라

승부로부터 원망이 나온다.

패한 사람은 앉으나 서나 괴로움에 번민한다.

그러나 승부를 버리는 순간 마음에 안락이 찾아온다.

인생을 살면서 우리는 끊임없이 라이벌을 만난다. 학업성적을 다투는 상대, 스포츠 승부를 다투는 상대, 일의 실적을 다투는 상대, 사랑의 라이벌까지…

현실 사회에서 승부를 피할 수는 없다.

다만 내가 승자가 되었을 때 패자에게 으스대거나, 잘난 척하는 마음을 갖지 말자. 불필요한 원망을 사서 언젠가 내 발목을 잡을 수도 있다.

내가 패자가 됐을 땐 솔직하게 상대의 강점을 인정하고 다음에 더욱 분발하기 위해 어떻게 해야 하는지를 먼저 고민하라.

패배에 대한 분풀이를 하는 것은 아무런 쓸모가 없다.

럭비 경기에 '노 사이드(no side)' 정신이 있다.

시합 종료 휘슬이 울리면 적군도 아군도, 패자도 승자도 없이 서로의 건투를 치하한다.

중요한 것은 자신이 이기든 지든 마음의 평정을 유지하는 것이다.

현자는 승리의 여운이나 패배의 분함으로 감정이 흔들리지 않는다.

이 마음이 더욱 커지면 타인이 아닌 자신의 힘을 시험하는 장으로 삼아 승부를 가늠하는 경지에 이른다.

마음이 평온하다면 이기든 지든 관계없이 좋은 경험을 얻을 수 있다.

승부에 관계없이 마음의 평정을 잃지 말라

누구나 행복할 권리가 있다

살아있는 모든 생물은 행복을 원한다.
타인에게 아픔을 주고 이를 즐긴 사람은
많은 사람들이 쳐놓은 원망의 사슬에 갇히고 만다.

자신도 모르게 타인에게 아픔을 주는 때가 있다.
아무 생각 없이 다른 사람의 말을 가로막은 적이 있을 것이다.
상대가 이야기를 하는 중에 "아, 그렇지 않아!" 하고 말허리를 자른다든지 "잠깐만, 그건 내가 설명할게." 하며 끼어들어 이야기의 주도권을 가로채기도 한다.
이런 행동을 하는 이면에는 "내가 상대보다 화술이 좋지. 내용을 알차게 말할 수 있어." "내가 생각하는 게 맞아." 하는 심리가 있다.
단지 의식하지 못한 채 태연히 남의 말을 가로채는 것이다.
어떤 이는 상대가 괴로워하는 모습을 보고 오히려 의기양양하기도 한다.

노골적으로 상처를 주거나 책임을 전가하고, 사기 쳐서 타인을 아프게 한다.

남에게 끼친 해는 반드시 업이 되어 자신에게 돌아온다.

그러므로 설령 자신이 당한 적이 있다고 하더라도 똑같은 잘못을 저질러서는 안 된다.

악업은 쌓을 것이 아니라 조금이라도 풀어야 한다.

타인을 아프게 하지 말라

항상 생명의 귀중함을 새겨라

함부로 생물을 살생하지 말라.
생명이 있는 것을 소중히 하라.
그럼으로써 마음에 미혹이 사라진다.

생명의 소중함을 새기고 있는가.
사람은 물론 동물, 꽃, 나무, 곤충까지 생명이 있는 것을 모두 소
중히 여기는 사람은 복되다.
우주만물의 생명을 소중히 여기는 것은 자신의 생명을 소중히
하는 것과 같다.
스스로 목숨을 버리는 사람은 자신이나 타인의 목숨을 소중히
하는 마음이 두텁지 않은 것이다.
길가에 피어 있는 꽃을 함부로 짓밟거나, 남에게 상처를 입히고
도 그 통증을 감지하지 못하거나, 개나 고양이의 털을 잡아당기며
희롱하는 일. 이 모두 생명의 소중함을 알지 못하기 때문에 할 수

있는 행동이다.

이런 사람에게 꽃을 키우게 해서 생명의 소중함을 일깨워주는 심리치료 요법이 있다.

이를 통해 우주 만물의 근원인 자신의 생명까지 소중하다는 것을 자연스럽게 깨닫게 된다.

만약 자신의 존재 가치가 없다고 느끼거나 사는 것이 힘들게 느껴진다면 꽃을 키워보자. 햇살이 잘 드는 곳에 화분을 두고 정기적으로 물을 준다.

조금만 방치하면 비실비실 시들어가는 것이 눈에 보인다. 우리 모두 화분 속 꽃처럼 서로서로 의지하며 살아간다는 사실을 깨닫게 될 것이다. 더불어 누군가의 애정을 받으며 살아가고 있다는 것도 알게 된다.

생명이 있는 것을 소중히 여기자

목숨처럼 소중한
인연 만드는 법

모든 것은 '마음' 하나에 달려 있다.
선량한 마음으로 이어진 인연은 좀처럼 끊어지지 않는다.

옛날에 전쟁이 일어났다.
한쪽은 대단히 풍요로운 나라였다.
막대한 부를 바탕으로 10만 군대를 고용하였다.
다른 한쪽은 매우 가난한 나라였다.
용병을 고용하는 것은 어림도 없는 일이었다. 하는 수 없이 오랜
세월 함께한 군사들이 뭉쳐 전장에 나갔다. 채 1만에도 미치지 못
하는 수였으므로 가난한 나라가 이기기란 매우 어려운 일이었다.
그러나 승리는 군사의 수가 적은 가난한 나라에 돌아갔다.

어떻게 이런 일이 일어났을까?
돈으로 고용된 용병에게는 국왕에 대한 충성심이 전무하였다.

자신의 목숨이 위태로우면 어떻게든 빠져나가려고 했다.

그러나 가난한 나라의 부하들은 왕과 유대감이 깊었다. 목숨을 걸고라도 나라를 지키겠다는 강한 각오가 있었다.

'마음'으로 맺어진 관계에선 측량할 수 없는 커다란 힘이 생긴다.

친구 관계든 업무 관계든 중요한 것은 마음의 유대이다.

이를 위해 평소 얼마나 이해관계를 초월하여 사람들을 대하였는지가 중요하다.

평소 성실함과 선량함으로 사람들과 교감하라.

비즈니스니까…, 계약관계니까…, 하고 사람 관계를 따로 구분 짓지 말라.

선한 마음으로 교제하라

6장

인생이
바뀌는
만남

어떤 만남은
당신의 운명을 바꾼다

어리석은 이와 함께하면 마음이 어지럽다.

이는 원수와 함께 사는 것과 같다.

반면 총명하고 성실한 사람을 곁에 두면 자신도 함께 발전한다.

사업은 물론 사적으로도 좋은 파트너를 많이 아는 것은 대단히 중요하다.

기적과도 같은 행운은 누군가와의 '만남'을 통해 찾아오는 경우가 많기 때문이다.

물론 혼자 힘으로 인생을 개척해 나가는 이도 있다. 그러나 대다수 성공한 사람 곁에는 '좋은 파트너'가 있었다.

전국시대 이름을 떨친 장군에겐 좋은 군사가 있었다.

당대 기업을 키워낸 실업가에겐 좋은 참모가 있다.

위대한 작가에겐 좋은 편집자가 있다.

방황할 때 잡아주는 상담가, 투자 조언을 해주는 경제전문가, 주요 인물을 소개해주는 지인, 자신을 믿고 응원해주는 친구 등 훌륭한 사람들을 많이 곁에 두고 있으면 도중에 좌절하지 않고 꿈을 향해 나아갈 확률도 높다.

어떻게 하면 '좋은 파트너'를 얻을 수 있을까?
진정으로 좋은 인맥을 쌓고 싶다면 무엇보다 자신의 인격을 높여야 한다.
목적을 위해 타인을 속이고 자신의 이익만 챙기는 사람 곁에는 진실한 사람이 모이지 않는다. 성실하고 진실한 사람이기 때문에 그의 꿈을 함께 응원하는 것이다.

총명한 사람을 곁에 두어라

혼자 헤쳐 나가야 할 때,
누군가에게 의지해야 할 때

여행길에 나설 때는 자신보다 현명한 이와 동행하라.

만약 그럴 수 없다면 단호히 홀로 나서라.

최악의 수는 어리석은 이와 함께 나서는 것이다.

업무 관계자, 친구, 남편과 아내, 취미를 함께하는 동료 등 여러 동반자가 있다.

이 가운데 인생의 반려자는 특히 신중하게 골라야 한다. 마음이 맞고 깊이 신뢰할 수 있어야 한다. 여기에 또 한 가지 간과해서는 안 될 것이 있다.

그것은 '자신보다 조금이라도 훌륭한 사람'이어야 한다는 점이다.

자신보다 훌륭한 사람에게 자극을 받음으로써 분발하고 노력해야겠다는 의욕이 유지된다. 또한 목표를 잃지 않게 해주는 사람이 가까이 있으면 나아갈 방향을 잃지 않는다.

만약 훌륭한 사람을 찾을 수 없다면 어떻게 해야 할까?

'나보다 뒤떨어지는 사람이라도 누군가 동반자만 있으면 된다.'
라고 생각할 수 있지만 이는 매우 위험하다.

시간이나 금전 개념이 느슨하고 도덕적으로 문제가 있는 사람의
영향을 받아 당신 자신까지 가치관의 혼란을 겪을 수 있다.

이때는 오히려 홀로 나가는 편이 낫다.

좋은 동반자를 얻으려면 기본적으로 사람을 보는 눈이 필요하다.

많은 사람과 접촉하면서 안목을 길러라.

인생은 현명한 사람과 함께하라

좋은 일이 꼬리를 이어 따라오는
마법의 말

'청정하고 겸허한 마음'으로 대화하고 행동하라.
이로써 인간관계가 원활해지고
덕분에 희망적인 일이 꼬리를 이어 따라온다.

당신은 오늘 몇 번이나 "감사합니다."라는 말을 하였나?
사람의 태도에는 마음이 드러난다.
많은 이들의 도움이 있어 오늘의 내가 있다는 것, 하나하나의 성
공이 내 힘이 아니라 주위의 협력이 있었기 때문에 비로소 이루어
졌다는 것, 이를 알고 겸허한 마음을 가지고 있는 사람은 항상 자세
를 낮춘다. 또한 잊지 않고 감사하는 마음을 표현한다.
"오늘은 늦게까지 힘든 일을 해줘서 고맙습니다."
"덕분에 일이 잘 끝났습니다."
이렇게 위로해준다면 누구나 자신의 노고를 보상받았다고 느낀
다. 그리하여 앞으로도 상대를 위해 분발하겠다는 마음을 갖는다.

이런 감정의 교류가 이루어지면 서로가 서로에게 발전적인 역할을 하게 된다.

거듭 말하지만 '청정하고 겸허한 마음'으로 세상을 보면 다른 사람의 친절과 도움을 느낄 수 있다.

"감사합니다."라는 말을 자주 할수록 더욱 감사하는 마음을 갖게 된다.

"감사합니다."라는 말을 자주 하라

멋진 선물을 받는 비결

아주 작은 일이라도
남이 호의를 베풀어 주었다면 그에 감사하라.
남의 호의를 헤아릴 수 있다면 큰사람이 될 수 있다.

누군가가 호의를 베풀어 주었다면 어떤 상황에서든 감사하는 마음을 표현하라.
설령 그것이 자신이 원하는 것과 다르다고 해도…
말로만이 아니라 태도로 감사하는 마음을 나타내라.
애인이 액세서리를 선물하였는데, 고맙다는 말만 하고 한 번도 착용하지 않는다면 어떨까? 분명 애인은 실망할 것이다. 설령 자신의 취향이 아니라 해도 선물 받은 액세서리를 착용한 모습을 보여주는 것이 사랑하는 이에 대한 예의이다.
상사가 업무에 도움을 주었다면 후일 이를 실천한 결과를 보고한다. 당신에 대한 호감도가 한층 높아질 것이다.

선물로 빵을 받았다면 나중에 답례할 때 "일전에 주신 빵은 제가 좋아하는 것이라 아주 맛있었습니다." 하고 감상을 덧붙인다.

업무차 방문한 곳에서 차를 대접받고는 입에도 안 대고 그냥 나오는 것도 실례다.

아무리 사소한 것이라도 상대는 당신을 위해 시간과 수고를 내준 것이다.

상대는 당신이 생각한 것보다 훨씬 더 결과에 주목하고 있다.

감사 인사에 그치지 말고 '태도'를 더하라. 많은 사람에게 호감을 사는 비결이다.

감사하는 마음은 '말'과 '태도'를 통해 반드시 표현하라

주술이나 점에
의지하지 말라

사람은 공포가 닥쳐오면 주술에 의존하려는 습성이 있다.
그러나 이는 결코 마음에 평안을 가져다주지 못할 뿐 아니라
오히려 더 많은 어려움을 준다.
그보다는 마음을 올바르게 둘 곳을 만들라.
마음을 올바르게 둔 사람은 평안을 얻는다.

살다보면 누구나 힘든 시기를 거치게 된다.

고민, 방황, 불안에 마음이 흔들릴 때 사람은 신이나 부적, 요상한 주술 등에 빠지기 쉽다.

그러나 이로써 편안해질 수 있다고 생각한다면 잘못이다. 물론 무언가에 의지하고 싶겠으나 자칫 잘못된 사념에 빠져 더 큰 괴로움을 초래할 수 있다. 질병이 있다면 제대로 된 의사를 찾는 것이 답이다. 괴상한 주술에 의지한다면 당연히 건강을 해치고 고통에 빠지게 된다.

부처님은 올바르게 마음을 두고 깨달음에 이르는 방법으로 팔정도를 설법하였다.

바르게 보기, 바르게 생각하기, 바르게 말하기, 바르게 행동하기, 바르게 정진하기, 바르게 깨어 있기, 바르게 집중하기.

현상을 올바로 판단하고, 사물을 똑바로 생각하여, 자신이 할 수 있는 것에 진심을 다 하며, 자신의 양식을 믿으라는 말이다.

올바르게 마음 두는 방법을 알고 있다면 바람에 흔들리지 않는다. 삿된 속삭임에 넘어가지 않는다.

올바로 마음 둘 곳을 만들라

품격 있는 삶을 사는
3가지 요소

마음을 의지할 곳이 있는 사람은 아름답게 성숙한다.

마음을 의지할 곳이 있는 사람은 아름답게 나이 먹는다.

나이를 먹으면 누구나 피부가 노화되고 수족이 허약해진다.

당연한 얘기지만 예순을 넘으면 스무 살처럼 몸을 움직일 수 없다.

육체적인 퇴화는 그 누구도 막을 수 없지만, 아름다움·기품·활
력을 키울 수는 있다.

다음 3가지가 그 방법이다.

* 개인적으로 함께 있을 때 편안한 사람을 주변에 둔다.

* 업무적으로 신뢰할 수 있는 사람을 만든다.

* 함께 취미를 즐길 수 있는 사람을 만든다.

안심과 신뢰, 즐거움을 나눌 수 있는 상대를 만드는 것이 기품

있고 활기찬 삶을 유지하는 데 가장 중요하다.

사람에게서 아름다움을 빼앗는 가장 큰 원인은 '고독'이다. 위기에 처했을 때 의지할 사람이 없다는 불안은 젊음을 해친다.

사람에게서 기품을 빼앗는 가장 큰 원인은 '저 사람이 나를 속이지는 않을까? 배신하지는 않을까?' 하고 의심하는 데 있다.

사람의 활력을 앗아가는 원인은 행복을 나눌 상대, 대화가 통하는 상대가 없다는 쓸쓸함이다.

이것이 부족하면 멋도, 활력도, 기품도 사라지고 순식간에 깜짝 놀랄 정도로 늙는다. 좋은 가족, 좋은 파트너, 좋은 친구를 얻는 것이 중요하다.

마음을 의지할 데가 있는 사람은 아름답게 나이 먹는다

누구를 만나든
장점부터 찾는다

사소한 일까지 남의 실패만 찾아내는 사람은
마음이 지저분하다.

현명한 자는 상대의 장점을 보고 크게 칭찬한다.

그러나 어리석은 자는 사소한 것까지 결점을 들춰내 철저하게
비난한다.

상대를 칭찬하는 것은 자신의 마음을 깨끗하게 하는 행위이다.

칭찬을 받고 기뻐하는 상대의 얼굴을 보면 더불어 기쁘고 믿음
이 커진다. 더욱 상대를 기쁘게 해주어야겠다는 마음도 생긴다.

상대방 입장에서는 누군가가 자신을 좋아해주고 있다는 것을 실
감함으로써 자긍심과 존재감이 높아질 것이다.

만나는 사람마다 상대의 장점을 찾아내 칭찬하라. 그러면 당신
의 마음도 한층 맑아질 것이다.

역으로 타인의 결점을 찾는 것은 자신의 마음을 더럽히는 행위이다.

비난받은 상대의 괴로운 얼굴을 보면 거리가 생기는 것을 실감하게 된다.

심지어 어떤 이는 이 선에서 멈추지 않고 '어차피 사람들이 나를 좋아하지 않으니까…' 하는 생각에 상대가 싫어하는 행위를 더 심하게 한다.

사람들에게 호감을 사는 현명한 사람이 될 것인가, 미움을 받는 어리석은 사람이 될 것인가는 바로 나 자신에게 달려 있다.

타인의 문제점을 꼬치꼬치 찾아내지 말라

오늘이 인생의 마지막 날이라면
어떻게 사랑하겠는가?

내 생명, 타인의 생명, 모두 끝이 있다.
이를 의식한다면 모두를 마음으로부터 사랑하게 된다.

인간이 '유한한 존재'임을 기억하라.

휴가를 예로 들어보자. 5일간의 휴가를 얻을 수 있다고 한다면, 그 시간을 의미 있게 보내기 위해 온천여행을 계획하거나, 좋아하는 영화를 몰아 보거나, 취미에 몰두하는 등 다양한 계획을 정성껏 잡을 것이다.

그런데 만약 '내일부터 무기한 계속 쉬어라' 라고 한다면 어떻게 될까? 그동안 일에 쫓겨 앞뒤를 돌아볼 틈이 없었던 사람일수록 오히려 무엇을 할지 모른 채 그저 멍하니 시간을 흘려보낼 것이다.

한정된 것일수록 그 중요함은 커진다. 때문에 사람들은 더욱 효율적으로 사용하려 한다.

어느 야구 선수가 이런 말을 하였다.

"선수의 생명엔 한계가 있다. 체력이 떨어지면 은퇴할 수밖에 없다. 그라운드에 서는 시간이 한정되어 있는 만큼 더욱 최선을 다해 활약하고 싶다."

소중한 사람을 사랑하는 마음도 이와 마찬가지다.

사람을 사랑할 수 있는 시간도 한계가 있다.

인간은 언젠가 죽음을 맞이한다.

세상 어떤 사람도 죽음을 피할 수 없다.

물론 나도 죽는다.

그러므로 현자는 사랑하는 사람과 함께하는 시간을 소중히 여긴다.

그러나 어리석은 사람은 생명에 끝이 있음을 이해하지 못하고, 싸우거나 상대를 괴롭히는 데 시간을 낭비한다.

모두가 죽을 운명, 최선을 다해 서로 사랑하라

7장

화를
다스리는
기술

분노는 지혜를 내쫓는다

화를 내지 않는 사람에겐 마음의 안정이 깃든다.
지혜는 분노의 감정에서 멀리 떨어져 있을 때 비로소 찾아온다.

기상 악화로 비행기가 연착한다는 안내가 나오면 항공사 직원을
붙잡고 고함을 치는 승객이 있다.

"뭘 이리 꾸물대는 거야. 어떻게든 비행기를 빨리 출발시켜! 무
슨 변명이 이리 많아. 방법을 찾아봐야지. 나는 손님이란 말이야!"

여정이 뒤틀린 것에 대한 화를 직원에게 해소하려는 것일까.

그러나 이는 대단히 어리석은 일이다.

분노를 폭발하고 큰소리를 낸다고 해서 비행기가 뜨지는 않는다.

그렇게 해서 해결할 수 있는 것은 아무것도 없다. 오히려 귀중한
시간과 힘을 낭비할 뿐이다.

현명한 사람은 마음을 평안히 하여 분노를 진정시키고, 지금 자
신이 할 수 있는 최선책을 먼저 찾는다.

다른 교통수단을 이용할 것인가? 늦는다고 미리 연락해야 할 상대는? 시간을 조정하기 위해 할 수 있는 일은? 지금 빈 시간을 가장 유용하게 이용하는 방법은?

분노는 지혜를 멀리 내쫓는다.

아이디어는 몰아치는 분노의 회오리 속에서는 떠오르지 않는다.

조용하고 맑은 하늘처럼 잔잔한 머리에서 커진다.

일이 잘 풀리지 않을 때일수록 오히려 의식적으로 마음을 안정시킬 필요가 있다.

화를 낼 시간에 더 유익한 일을 하라

돈으로는 살 수 없는
최고의 서비스를 받는 비결

화를 내지 않는다.

으스대지 않는다.

눈에 보이는 것과 현상에 집착하지 않는다.

낮은 자리에 임한 사람만이 세상을 얻는다.

한 남성은 가는 레스토랑마다 언제나 최상의 서비스를 받는다.

점원들이 미소로 응대해주고 각별히 그에게 친절을 베푼다. 요리사는 그를 위해서 특별 요리를 내놓기도 한다.

그는 어디를 가든 놀라울 정도로 특별한 대우를 받는다. 사회적 지위가 높거나 대단한 부자라서가 아니다.

그 사람은 단지 항상 상대를 칭찬했을 뿐이다.

레스토랑에 들를 때마다 요리를 칭찬하고, 서비스를 칭찬한다.

돌아갈 때는 "덕분에 좋은 시간 보냈습니다. 수고하셨습니다." 하고 상냥하게 감사의 마음을 전한다. 이것이 바로 그가 특별대우를 받는 이유이다.

요사이 '손님'의 입장을 착각하는 사람이 적지 않다.

'돈을 지불하니 내 요구에 모두 응해주는 것이 당연하다'는 태도로 거만하게 행동하는 사람이 많다.

이런 고객이라면 어떤 상점도 반기지 않는다.

자신이 소중한 만큼 타인도 똑같이 소중하게 대하는 것이 인간관계의 법칙이다.

화내지 않고, 거만하지 않고, 모든 것을 감사하게 받아들인다면 상대도 똑같이 좋은 마음으로 대해줄 것이다.

으스대는 사람에게 친절을 베푸는 이는 없다

악운의 연쇄 고리를 끊는
마음의 법칙

설령 자신의 행동으로 불행한 결과를 초래하였다고 해도
화내지 말라.
이 세상에 화를 내는 것보다 더 큰 불행은 없다.

자신이 한 행동으로 인해 문제가 야기되거나 생각지도 못한 실패
를 맛보는 경우 후회와 안타까움으로 분노가 폭발하는 일이 있다.
예를 들어 깜박 실수로 큰 손실을 입거나, 술에 취해 오랜 우정에
금이 가버리는 일이 있다.
'그때 왜 내가 그런 짓을 했을까. 그때 내가 한 행동을 이해할 수
없어…'
그러나 아무리 과거에 한 행동을 탓해도 이미 엎질러진 물일 뿐,
바꿀 수 있는 것은 없다.
더구나 분노로 마음을 어지럽히는 것만큼 불행한 것은 없다.
분노에 휩싸여 주변 사람에게 화풀이를 한들 아무것도 해결되지

않으며, 오히려 평정심을 잃은 머리로는 해답을 찾을 수도 없다.

현명한 사람은 분노를 버리고 지금 할 수 있는 것에 집중한다.

마음을 가라앉히고 생각하면 현상에서 빠져나갈 수 있는 방법을 찾아낼 수 있기 때문이다.

자신의 실패로 인해 문제가 생겼을 때는 일단 거울을 보며 자신의 얼굴을 확인해보라.

분노와 후회에 휩싸여 너무나 무서운 표정을 짓고 있다면 일부러라도 방긋 웃어 보라.

사태는 바로 이 지점에서부터 호전된다.

이 세상에 화를 내는 것만큼 큰 불행은 없다

부부싸움은
왜 크게 번질까?

큰소리로 호통치지 말라.

가시 돋친 말에 상대는 상처받는다.

상처를 받으면 그도 역시 당신에게 큰소리를 칠 것이다.

연인끼리 혹은 부부 간에 싸움이 한번 나면 좀처럼 그치지 않는다.

처음엔 사소한 의견대립이던 것이 점점 커져서 "이제 우리는 끝이다" "헤어지자"는 막말을 하기도 한다.

어째서 이렇게까지 문제가 커지는지 들여다보면 대개 '큰 고함'이 원인인 경우가 많다.

큰소리가 날수록 분노는 증폭된다.

누군가 큰소리를 내면 상대도 지지 않으려고 똑같이 고함을 친다. 그러다가 서로 감정이 상해 수습이 힘든 언쟁으로 번지는 것이다.

우리 주변엔 자신이 조금 더 높은 위치에 있는 듯하면 아랫사람에게 호통치는 것을 당연하게 여기는 사람이 있다. 상사가 부하를 호통치고, 선생이 학생을 몰아세운다. 그러나 큰소리가 나는 부서는 직원들의 단결력이 약해 실적이 잘 오르지 않는다.

현명한 사람은 자신이 높은 위치에 있든, 화가 나는 일이 있든 한결같이 평온한 목소리로 대처한다. 자칫 목소리가 커지려는 상황에선 냉정하게 자제력을 발휘한다.

이런 노력은 아랫사람에게도 전달되어 신뢰할 수 있는 사람이라는 믿음을 준다.

평온하게 말하는 사람 주변에는 같은 마음을 가진 사람들이 모여든다. 그리하여 마음이 흔들리는 일도 그만큼 적다.

호통치지 말라

욕심내지 않는 사람이
제일 이익을 보는 법칙

나누겠다는 마음이 앞서면 분노의 감정이 끼어들 틈이 없다.
인색하게 굴기 때문에 분노의 불이 붙는다.

고기를 먹는 자리에서 사람들이 고기 한 점마다 신경전을 벌이는 광경을 상상해보라. 모처럼 맛있는 고기를 먹는 자리가 소화불량 자리로 바뀌고 말 것이다.

"너는 저기 있던 고기 먹었잖아." "이건 내가 구운 거야." 이런 말이 오가는 식탁이라면 진수성찬도 아무런 의미가 없다.

반면 "이것 한번 드셔보세요." "저는 많이 먹었어요. 어서 많이 드세요." 하고 서로를 위하는 자리라면 그 맛이 10배 20배 더 좋아진다.

마음이 인색하면 화가 커진다. 자기 것을 챙기기에 급급한 사람일수록 다급해지고, 불행하다고 느낀다.

반면 작은 것 하나라도 함께 나누어 즐기겠다는 사람은 늘 화기

애애하게 산다. 가족이 모두 둘러앉아 맛있는 것을 권하는 저녁식사 자리엔 웃음이 넘친다.

재미있는 영화를 보면 친구에게 알려주고 싶고, 멋진 풍경을 만나면 소중한 누군가와 함께 다시 오겠다고 다짐하는 마음은 훈훈하다. 이처럼 행복은 많은 이에게 알릴 때 더욱 풍성해진다.

그러니 이런 마음이 있는 곳에선 사이가 돈독해지고 행복할 수밖에 없다.

일도 전적으로 자신의 이익만을 위한 것이 아니다.

모두의 행복을 위해 분발하겠다는 마음이 있으면 직장 동료와도 얼마든지 돈독한 관계로 발전할 수 있다.

인색할수록 불행의 크기는 커진다

지금은 당신의 습관과 성격을
바꿀 찬스

이전에 악행을 많이 저질렀다면 선행으로 이를 메워라.
서서히 주위 사람들이 당신의 존재를 인정하게 될 것이다.
이는 구름 속에 가려졌던 달이 나타나는 것과 같다.

모두가 싫어하는 사람이라 하더라도 생각을 바꿈으로써 호감 가
는 사람으로 바뀔 수 있다. 과거에 많은 악행을 저질렀다 하더라도
포기하지 말라.

여기 한 사람이 있다. 평소 라이벌에 대해 악의적 소문을 흘리고,
귀찮은 일은 모두 아랫사람에게 떠넘기고, 공은 자신이 가로챘던
인물이다. 그가 병에 걸려 입원을 하게 되었다.

그런데 병원에 있는 동안 누구 한 사람 병원을 찾지 않았다. 뿐만
아니라 부재중에 자신의 일을 맡아서 해주는 동료조차 없었다. 그
제야 자신이 얼마나 사람들에게 미움을 받고 있는지를 깨달았다.

그리하여 이제부터 자신의 인생을 바꾸기로 결심하였다. 그간

자신이 저지른 악행을 보상하고 모두가 좋아하는 사람으로 변신하기로 한 것이다.

현명한 이는 신속하게 자신의 잘못을 고친다.

퇴원 후 그는 지금까지의 자신을 반면교사로 삼아 남에게 도움이 되는 일이라면 발 벗고 나섰다. 경쟁자의 우수함을 인정하고, 동료의 부탁을 흔쾌히 들어주며, 힘든 일을 솔선하여 맡고, 아랫사람이 실적을 낼 수 있도록 뒤에서 지원하였다.

원래 사람들에게 미움을 샀던 사람이므로 인식이 바뀌는 데는 다소 시간이 걸리지만, 끈기 있게 지속하면 분명히 만회할 수 있다.

진심은 반드시 전해진다.

깊이 반성하는 사람은 달라질 수 있다. 습관도, 성격도 극적으로 달라진다. 모든 것은 마음먹기에 달려 있다.

과거를 반성하고 지금부터라도 선행을 쌓아가라

분노는
3가지 보물을 없앤다

'건강'은 최대 보물이다.

'신뢰'할 수 있는 상대는 최고의 보물이다.

'만족감'은 최상의 보물이다.

분노의 감정은 인생에 다양한 해를 끼친다.

분노는 '건강'을 해한다.

자주 화를 내는 사람일수록 심장병에 걸릴 확률이 높다. 혈압이
올라가고 심장 박동수가 상승한다. 더불어 면역력도 떨어진다.

분노는 '인간관계'를 파괴한다.

화를 주체하지 못하고 내뱉은 한마디로 인해 오랜 우정에 금이
가는 경우가 있다. 부부관계를 파탄에 이르게 하고, 상사와 부하의
신뢰관계가 순식간에 무너지는 일도 있다.

또한 분노는 '마음의 만족'을 빼앗아간다.

화를 내면서 식사를 하면 아무리 좋은 음식도 맛없게 느껴진다.

'행복하기 때문에 웃는 것이 아니다. 웃기 때문에 행복한 것이다' 라는 유명한 말은 분노에도 적용된다.

불만이 있기 때문에 화를 내는 것이 아니라, 화를 내기 때문에 불만스럽게 생각되는 것이다.

건강, 신뢰할 수 있는 사람, 만족감은 우리 생애 최고의 기쁨이다.

지금 있는 모든 것에 만족하는 습관을 가져보라.

완벽을 추구하기보다, 없는 것에 집착하기보다, 감사하는 마음을 먼저 갖는다면 분노의 감정도 어느새 스르륵 사라질 것이다.

없는 것에 대한 집착을 버려라

가까운 사람들과
잘 지내는 법

'저 사람이 나를 비난했다, 상처 주었다, 쓰러뜨렸다'라고
말하고 다니는 사람은 영원히 원한의 감정에서
헤어나지 못한다.
다른 사람이 욕을 해도, 심술을 부려도 원한을 품지 말라.
이에 괘념하지 않는 사람이 진정한 승자다.

사람들 고민은 대부분 '인간관계' 때문에 생긴 것이다.
친구 사이에 오해가 생겼다, 직장 상사와 의견이 맞지 않아 삐걱
거린다, 동료들과 뜻이 맞지 않는다, 애인과 항상 어긋난다, 부모
가, 아이가, 시어머니가, 이웃이…
인간관계의 고민이 비집고 들어오기 시작하면 인생이 뒤틀린다.
직장인이 회사를 그만두는 원인이 인간관계 때문인 경우가 많
다. 심하면 마음의 병에 걸리는 사람도 있다.
인간관계 문제를 심각하게 만들지 않는 요령이 있다. 바로 'ㅇㅇ

당했다'는 피해의식에서 벗어나는 것이다.

괴로운 일은 모두 강물에 흘려보내는 것이다.

사람과 교류를 하다 보면 마찰을 피할 수 없다.

'교류(交流)'란 글자 그대로 '섞여서(交) 흘러간다(流)'는 의미이다. 그런데 다른 것들이 섞일 때마다 일일이 부딪친다면 흐름이 막혀버려 그야말로 '교류'가 성립되지 않는다.

그러므로 약간의 험담을 들어도 대범하고 느긋하게 흘려보내라. 상대할 필요가 없다.

생각을 '흘려보내는 것.' 이것이 마음속에 불필요한 스트레스를 줄이는 가장 효과적인 방법이다.

작은 험담에 일일이 신경 쓰지 말라

8장

공부의
즐거움

어떤 상황에서도
즐길 수 있는 힘

튼튼하게 지은 집은 비가 새지 않는다.

마찬가지로 심지가 굳은 사람에겐 사념이 끼어들지 못한다.

불평불만을 하기는 쉽다. 누구나 할 수 있다.

실제로 많은 사람들이 불평불만을 말한다.

한편 누구든 할 수 있는데 대부분이 실행하지 않는 것도 있다.

바로 '불평불만을 하지 않고 현상을 즐기는' 것이다.

아이들은 언제 어디서든 재미를 찾아내는 달인이다. 어른들이 난감해하는 상황도 아이들은 즐거움으로 바꾼다.

모처럼 하는 여행길에 비가 내려 어른들이 실망할 때 아이는 긴 장화를 신고 물웅덩이로 들어가 첨벙첨벙 즐겁게 논다.

어른들의 눈에는 아무것도 아닌 황량한 수풀이 아이들 눈에는 곤충과 식물이 사는 신기한 세상으로 보인다.

'어떤 상황에서든 즐긴다.' 라는 굳은 마음만 있으면 지루하고 지겹고 불안한 상황조차 얼마든지 분위기를 반전시킬 수 있다.

예를 들어 만원 전철 안에서 짜증이 나려는 순간, 주위에 있는 사람들의 별명을 붙여보는 것은 어떨까? 즐길 거리를 찾아내는 마음에 불평이나 불만이 끼어들 틈새는 없다.

긍정적인 인생엔 풍요로운 결실이 따라온다.

어떤 상황에서든 즐길 방법을 생각하라

공부하지 않으면 늙는다

지혜로운 현자와 만나는 것은 대단한 기쁨이다.
배움에 대한 끊임없는 자극을 받을 것이다.

현명한 사람일수록 '배우려는 마음'이 왕성하다. 그리고 풍부한
지식을 가지고 있는 사람일수록 배움에 대한 열망이 크다.

한 대학교수는 대단히 박식한 인물로 정평이 나 있는데도 아직
배워야 할 것이 많다고 말한다. 그 사람은 "그 분야는 제가 잘 모르
니 가르쳐주시겠습니까?" 하는 말을 입버릇처럼 달고 다닌다.

그의 말에 의하면 이 세상은 아직 해명되지 못한 것이 넘쳐나고,
인간이 발견한 것은 단 1%도 되지 않는다고 한다.

그런 이유로 그는 자신의 전공 분야 외에도 흥미를 갖고 열심히
배운다.

그가 최근 새롭게 열중하는 분야는 아내에게 요리 배우기.

이제까지 그는 가사를 모두 아내에게 맡기고 달걀부침 하나도

제대로 할 줄 몰랐다. 학습 의욕이 왕성한 만큼 금세 일류 셰프 못
지않은 맛을 내지 않을까 기대된다.

이처럼 자신이 알지 못했던 분야의 지식을 얻는 것은 대단히 행
복한 경험이다.

그 분야의 전문가와 함께하는 시간도 즐겁다. 겸허하게 배우겠
다는 마음이 있으면 분명 좋은 관계가 지속될 것이다.

반면 '나는 이미 지식과 실력이 완벽하므로 배울 필요가 없다'고
생각하는 사람은 그 시점에서 성장이 멈춘다.

나이를 초월하여 지속적으로 배우고자 하는 의욕이 있는 사람
은 매력이 넘친다.

현자를 찾아가 배움을 청하라

자신이 좋아하는 것을 찾으면
세상이 넓어진다

즐겁게 몰입하는 일이 있다면 그것을 지속하라.
재미있다고 느끼는 것이 바로 내가 '나아가야 할 길'이다.

당신은 기쁘게 열중하는 무언가가 있는가?

사람은 '몰입할 수 있는 것'이 있으면 약간의 난관이 있어도 인내하며 이겨낼 수 있다. 그러나 즐겁게 느껴지지 않으면 아주 작은 돌부리에도 쉽게 포기해버리고 만다.

그러므로 몰입할 수 있는 것을 발견하는 것은 인생에 있어 대단히 중요한 문제다.

아직 흥미로운 것을 발견하지 못한 채 하루하루가 지루한 사람이라면 지금부터 찾아내도록 하라.

이때 다음 2가지를 염두에 두어라.

① 무엇을 할 때 행복한지 아닌지는 실제로 경험해보지 않으면

알 수 없다. '잘 될까?' '나한테 맞을까?' 하는 고민은 떨쳐버리고 우선 도전하라.

② 젊었을 때 도전해야 선택의 폭이 넓다.

다소 어설프더라도 즐겁게 몰입할 수 있다면 충분히 자신에게 맞을 가능성이 있다.

지금까지 흥미가 없던 분야거나 평소라면 절대 하지 않을 분야에도 과감히 도전해보라. 어쩌면 전혀 예상치 못한 재능을 발견할 수도 있다.

그렇게 하여 즐길 거리를 찾았다면 이제는 힘차게 앞으로 돌진해야 한다. 즐기면서 오래 지속하는 것이 바로 나의 '길'이 된다.

자신이 가야 할 길을 찾아라

울컥 치밀어 오를 때
대처법

이 세상에 비난받지 않는 사람은 없다.
가만히 있어도 비난받고
말을 많이 해도 비난받으며
말을 조금 해도 비난받는다.

세상 어디를 가든, 어느 상황에서든 비난하는 사람이 있다.

예를 들어 회의 시간에 가만히 듣고 있으면 '자기 의견은 없나? 적극성이 부족하다'며 비난하고, 의견을 주장하면 '더 간결하게 정리하라'고 비난한다.

그래서 간단하게 정리해서 설명하면 '더 자세히 설명해보라'고 다시 비난한다.

도대체 어떻게 하면 비난에서 벗어날 수 있을까?

결론부터 말하자면 안타깝게도 세상에서 비난을 피할 수 있는 방법은 없다.

그러므로 '어떻게 하면 비난받지 않을까'를 고민하기보다 무엇을 하든 비난하는 사람이 있기 마련이라는 사실을 받아들이는 것이 현명하다.

그러므로 비난에 대처하여 마음을 안정시키는 '기분전환법'을 알아두어라.

부글부글 끓어오르는 마음을 가라앉히는 좋은 방법을 한 가지 소개한다.

가장 사랑하는 사람의 미소를 떠올리는 것이다.

눈앞에 있는 문제가 해결되는 것은 아니지만 마음이 한결 편안해진다.

감정 전환을 할 수 있게 되면 나쁜 기분으로 인해 인생을 망치는 일도 없을 것이다.

누구든 비난받지 않는 사람은 세상에 없다

일이 잘 풀리지 않는 것에
감사하라

일이 잘 풀리지 않는다고 불평불만을 늘어놓는 것은 어리석다.
오히려 생각대로 되지 않는 것에 겸허하게 감사하라.

어느 커플이 여행 계획을 세우고 있다.

남자는 중국에 가고 싶어 하고, 여자는 미국에 가고 싶어 해서
한참 동안 옥신각신했다. 그러더니 결국 계획이 무산될 위기에 빠
졌다.

이때 행복한 여행의 추억을 만들고 싶다는 본래의 목적만 잊지
않는다면 어느 한쪽이 양보하거나 혹은 전혀 후보에 오르지 않은
다른 나라를 선정하여 뜻하는 바를 이룰 수 있다.

"상사는 무능하고, 동료들은 상대가 안 돼. 그러니 실적이 안 오
르는 것도 당연한 일이야." 하고 불평하는 사람이 있다면, 그 사람
자신이 무능하고 상대할 가치가 없다는 것을 증명하는 것이다.

성공의 싹이 있는 사람은 일이 잘 풀리지 않는 상황에서 '누구에

게도 도움 받을 수 없다면 나 혼자라도 분발해야겠다. 내 능력을 보여줄 기회다.'라고 오히려 긍정적으로 받아들인다. 그리고 실제로 자신을 성장시키는 절호의 기회로 만든다.

무슨 일이든 세상은 내가 원하는 대로 움직여주지 않는다. 다만 소기의 목적을 잃지 않는다면 걸림돌을 통해 오히려 더 많은 것을 배울 수 있다.

걸림돌이 있기 때문에 사람은 배운다.

이 세상엔 실패한 경험에서 배워야 할 것이 너무나 많다.

실패에서 배워라

사람의 마음을 사로잡는 비법

겸허한 마음으로 사람들을 대하라.
상대는 마음을 열고 진실을 말해줄 것이다.

인터뷰의 명인이라고 불리는 정치평론가가 있다.

많은 정치인이 그와 인터뷰를 하게 되면 놀랍게도 감춰놓았던 말을 쏟아낸다.

그는 어떻게 굳게 잠겨 있는 사람의 마음을 열 수 있을까?

질문이 훌륭했을까?

교묘한 화술로 상대의 신뢰를 얻었을까?

아니다. 그의 비결은 단 한 가지, 경청이었다.

그는 상대의 말에 절대 끼어들지 않고, 심지어 잡담에도 열심히 귀를 기울여 주었다.

상대의 말을 부정하거나 비난하지 않고 상대가 기분 좋게 이야기를 계속할 수 있도록 배려하였다.

상대를 자신보다 앞세우고, 무엇이든 배우겠다는 그의 겸허한 자세는 입이 무거운 정치인조차 경계심을 풀게 만들었다.

현자는 사람을 대할 때 겸허하다.
자신의 능력을 어필하거나 뛰어난 실력과 인맥을 은연중에 드러내는 것이 꼭 신뢰로 이어지는 것은 아니다.
'그저 이야기를 잘 들어주는 것.'
사람의 마음을 푸는 열쇠는 이처럼 단순한 것이다.

사람을 상대함에 있어서 겸허하라

당신이 인간관계를
오래 유지하지 못하는 이유

현자는 사람을 대함에 겸허하다.
행동은 신중하며 말은 부드럽다.

지금까지 빈번하게 연락하던 친구가 갑자기 소식이 뜸해졌다.

사람에 따라 이 상황을 받아들이는 방법이 두 가지로 나뉜다.

먼저 어리석은 사람은 나쁜 상상의 나래를 펼친다. "나에 대해 불만이 있는 것이로군. 지금까지 내가 얼마나 잘해줬는데… 그동안 나한테 했던 말도 모두 거짓이었을까? 혹시 내 험담을 하고 다니는 것은 아닐까?"

그리하여 친구와의 관계가 소홀해진다. 한번 벌어진 마음의 틈은 나중에 다시 연락이 오더라도 좀처럼 아물지 않는다.

결과적으로 소중한 친구 한 사람을 잃는다.

현자의 대처는 다르다.

"뭔가 일이 생긴 것은 아닐까? 사고가 생긴 것이 아니면 좋을 텐데. 내가 힘이 될 일이 있으면 도와야지."

그리고 친구를 찾아가서 어려움은 없는지 확인하고 도울 일을 찾는다.

사람은 특히 어려운 상황에서 자신을 믿고 마음을 써준 이를 깊이 신뢰하고 따른다.

현자에겐 사람을 믿는 마음이 있다.

어리석은 자에겐 의심하는 마음이 있다.

그러므로 어리석은 자는 인간관계를 오래 유지하지 못한다.

현자는 마음이 깊고 행동과 말이 신중하다

약점을 장점으로 바꾸는 방법

두려워해서는 안 된다.
어떤 상황에서도 두려움 없이
평상심을 유지할 수 있다면 그가 바로 현자이다.

당신이 기피하는 것은 무엇인가?

한 남성은 직장 동료들과 절대 노래방에 가지 않는다.

퇴근 후 좀처럼 어울리지 않다 보니 어느새 동료들과 벽이 느껴지게 되었다.

그러나 정확하게 말하자면 그는 동료들과의 관계에 문제가 있는 것이 아니다.

음치라 노래방 가는 것이 내키지 않을 뿐이다.

'그곳에 가면 나도 노래를 해야 하는데, 그러면 음치라는 것이 들통 나 비웃음을 살 것이다. 그런 상황이 부끄럽다.' 바로 이것이 그의 속마음이다.

자신 없는 것을 무조건 감추거나 부끄러워할 필요가 없다. 서투르면 서툰 대로 당당하게 드러내 보여주면 된다.

음치라도 부끄러워하지 않고 기세 좋게 노래를 하면 이 역시 훌륭한 재주가 된다.

모두를 즐겁게 해주어 그 자리의 스타가 되거나 박수갈채를 받을 수도 있다.

뭔가에 서툴다는 이유로 손가락질하며 비웃는 사람은 없다.

열심히 하는 사람을 바보 취급하는 법도 없다. 만약 그런 사람이 있다면 상대하지 않는 것이 낫다.

현자는 서툰 것, 어설픈 것에도 당당하다. 너무 당당해서 주변 사람들이 전혀 눈치 채지 못한다.

사람들이 웃을까 봐, 바보 취급당할까 봐, 이런 두려운 마음을 버리면 삶이 한층 편안해진다.

창피함도 극복하라

9장

감정에
휘둘리지
않는
고요한
삶

작심삼일에서
벗어나는 방법

사람의 마음은 본디 약하여 사소한 것에도 흔들린다.
욕구에 쉽게 무너진다.
그러나 지혜로운 사람은 항상 마음을 굳게 유지한다.

다이어트에 조깅, 일, 취미생활 … 무엇을 하든 작심삼일인 사람
이 있다. 이들은 "나는 의지가 약해. 나도 내가 싫다."라고 말한다.
사실은 그 사람이 약하기 때문에 쉽게 포기하는 것이 아니다.
인간의 마음은 본래 약하다. 누구나 사소한 유혹에 쉽게 혹한다.
그럼에도 무슨 일이든 오래 지속하는 사람이 있다. 마음이 강하
기 때문이 아니라 유혹을 극복하는 방법을 알고 있기 때문이다.
그 방법 중 하나를 소개한다.
우선 무언가를 하기로 정했다면 최종 목표와 달성 기한을 명확
하게 정한다. 그리고 그 과정을 10단계 정도로 세분하여, 각각에
최종 목표 달성까지 가는 소목표를 세운다.

예를 들어 '1개월 동안 체중 10kg을 줄인다.'는 최종목표를 세웠다면 '3일에 1kg'이라는 소목표를 세운다.

이렇게 하여 '오늘 목표를 달성하였다'는 성취감을 상시적으로 얻게 되면 쉽게 싫증이 나지 않는다.

한편 소목표를 달성할 때마다 원하는 것을 사는 등 분발한 자신에게 보상을 하는 것도 의욕을 지속시키는 방법이다.

마지막으로 기억해야 할 것이 있다. 원활하게 일이 진행되지 않았다 해도 자신을 너무 책망하지 말 것. '오늘은 잠시 휴식. 내일부터 또 분발하자'라고 전향적으로 생각한다.

지속할 수 있는 방법을 연구하라

흔들리는 감정을
제어하는 세 가지 방법

현자는 유혹이 있어도 자신의 감정을 훌륭하게 조절한다.
마부가 거친 말을 다루는 것처럼.

마부가 말을 잘 조련하듯 현자는 유혹을 이기는 방법을 알고 있
다. 이것이 가능하게 되면 감정에 휘둘리지 않는다.
다음 세 가지 방법을 참고하라.

① 모범이 되는 사람을 항상 마음속에 둔다.
일이나 인간관계가 원활하지 않아 좌절이 될 때는 동경하는 선
배나 존경하는 역사상 인물, 스포츠 선수 등 모범이 되는 사람을 떠
올린다.
'그 사람도 역경을 뚫고 이겨냈다'는 것을 상기하며 스스로를 격
려한다. 유혹을 이기기가 한결 수월할 것이다.
② 목표를 정하고 이를 달성하기 위해 구체적인 계획을 세운다.

유혹에 빠져 지금 해야 할 일을 놓치지 않도록 사전에 분명한 목표와 달성기간을 세워둔다. 구체적으로 스케줄을 짜고 시간 관리를 하면 유혹에 흔들리는 마음을 다스리기 쉬워진다.

③ 예외 상황을 두지 않는다(계획대로 반드시 실행한다).

이 점이 대단히 중요하다.

업무 전에 정신 집중, 아침 30분간 걷기, 잠자리에 들기 전에 독서하기 등 좋은 습관이 몸에 배면 몹시 바쁘거나 여행 중에도 평소대로 실천하게 된다.

"오늘은 비가 오니 하지 않아도 되겠지." 하는 식으로 예외 사항을 만들지 않는 것이 중요하다. 평소대로 생활하는 것도 감정을 조절하는 데 도움이 된다.

유혹이 자리 잡을 수 있는 마음의 틈을 만들지 말라

혼자 있을 때
자신을 단련하는 법

옛 상인들은 동행하는 이가 적으면
산적이 출몰하는 위험한 길을 피하였다.
마찬가지로 동행하는 이가 적을 때는
유혹이 있을 만한 곳을 의식적으로 멀리 피하라.

동료와 함께 있을 때는 유혹을 이겨내기가 비교적 쉽다.

예를 들어 사무실에서 일할 땐 낮잠 자고 싶다, 술 마시고 싶다, 영화 보고 싶다, 이런 유혹이 있어도 금세 잊게 된다.

상사에게 호된 야단을 맞거나 동료들의 신뢰가 떨어질 것을 알기 때문에 스스로 자제심을 발휘하는 것이다.

그러므로 유혹을 이기기 힘들 때는 가능하면 누군가와 함께하라. 자제심을 발휘하기가 한결 수월할 것이다.

이때 편안해서 쉽게 풀어질 수 있는 상대가 아니라, 긴장감을 유지해야 하는 상대나 자제심이 뛰어난 사람이라면 모범이 되므로 더욱 이상적이다.

　문제는 혼자 있을 때이다.

　함께 있어 줄 사람을 찾기 힘들 때는 어떻게 해야 할까?

　위험 요소를 철저하게 피해가는 것이 상책이다. 금주를 선언한 사람이라면 술집, 절약을 선언한 사람이라면 백화점 근처를 아예 피한다.

　딱 한 잔만 해야지, 하고 굳게 마음먹어도 일단 한 잔이 들어가면 빗장이 풀려 돌이킬 수 없게 된다.

　혼자일 때는 유혹이 있는 곳을 아예 피해 가라

그럼에도
결심이 흔들린다면…

마음을 그냥 방치하면 언제든 유혹에 넘어갈 수 있다.
자신의 마음을 다스릴 줄 아는 사람만이 행복을 얻는다.

다이어트 중인데도 집에 가는 길에 새로 오픈한 케이크 전문점을 발견하고는 기어이 사고 말았다.

저축을 하겠다고 결심하여 윈도쇼핑만 할 예정이었으나 너무나 마음에 드는 옷이 있어 카드로 구입하고 말았다.

집중해서 독서를 하려 했으나 TV 소리가 들리자 그만 책을 내던지고 TV 앞으로 달려갔다.

이렇게 쉽게 감정에 휩쓸리는 사람이라면 목표에 절대 도달할 수 없다.

그러므로 애당초 유혹이 있는 곳이라면 근처에도 가지 않는 것이 최선책이다. 부득이한 경우라면 이후 일어날 상황을 먼저 머릿속으로 그려보자.

케이크를 너무 먹어서 통통해진 모습, 적금이 바닥나서 식비조차 쪼들리는 모습, 책을 독파하지 못해 자기혐오에 빠진 모습.

구체적인 현실을 그려봄으로써 실망스러운 미래를 훨씬 생생하게 깨달을 수 있다. 그러면 강한 열망이 새롭게 샘솟아 달콤한 유혹을 얼마든지 이겨낼 수 있다.

더불어 유혹을 이긴 자신의 모습도 상상해보자.

케이크를 참은 뒤 목표를 달성하여 날씬해진 모습, 돈을 모아 꿈에 그리던 유럽 여행을 떠나는 모습, 책을 독파한 뒤 새로운 책을 고르는 모습.

행복한 상상을 함으로써 자연히 마음도 긍정적으로 바뀐다. 어느새 유혹을 극복할 수 있는 굳건한 힘이 솟는다.

유혹에 졌을 때와 이겼을 때 자신의 모습을 상상하라

코끼리에게도 사람에게도
혼자만의 시간이 필요하다

혼자가 되어 조용히 돌아보는 시간을 가져라.
이 시간이 몸과 마음에 새로운 힘을 불어넣어줄 것이다.

동물원의 동물은 매일 많은 사람들의 시선에 노출되는 데서 오는 스트레스로 인해 병에 걸리는 일이 있다고 한다.

조련사들은 이런 불상사를 막기 위해 간간이 동물들을 방문객 앞에 내세우지 않고 잠시 휴식을 취하게 하는데, 이때는 사람은 물론 다른 동물도 없는 환경에 가만히 둔다.

생물에게 있어 '누구도 보지 않는 안전한 장소'는 곧 휴식을 의미한다. 더불어 이는 심신의 건강 유지에 필수적이다.

사람도 예외가 아니다.

특히 하루 중 대부분의 시간을 보내는 직장이나 학교는 많은 사람들이 모여 있는 곳이다. 심지어 상사, 라이벌, 고객 등의 평가를 항시 받아야 하는 환경이므로 좋든 싫든 지속적으로 시선을 의식하게 된다.

이렇게 장시간 누군가를 의식하는 것은 상당한 스트레스이며, 질병의 원인이 되기도 한다. 아무리 직장 분위기가 좋고 인간관계가 양호하더라도 크게 다르지 않다.

그러므로 혼자만의 시간을 갖는 것이 매우 중요하다.

특히 업무 시간 동안 항상 밝게 웃으며 사람을 대해야 하는 사람일수록 혼자 있는 시간을 만드는 것이 중요하다.

항상 힘차고 밝게 행동할 수 있는 원동력은 사실 혼자만의 시간을 통해 마음의 에너지를 채우는 데서 비롯된다.

홀로 자신을 돌아보는 시간을 갖는다

뒷담화에 동조하지 말 것

누군가가 다른 사람의 흉을 볼 때 이에 동조하지 말라.
굳이 사악한 뒷담화에 가담하지 말라.

심리학 실험에 이런 것이 있다.

어느 배우의 신작 영화를 학생들에게 보여주고 영화 감상문을
쓰게 한다.

다음으로 이 영화에 관해 토론을 한다.

이때 학생 중에 바람잡이를 두어 주연배우에 관해 악담을 하게
한다. 마치 개인적 원한이 있는 듯한 뉘앙스로 비난하고 헐뜯는다.

토론이 끝난 뒤 다시 한 번 영화 감상문을 쓰게 하면 처음 리포트
에서 배우에 호감을 갖고 있었던 학생들도 토론 후에 나쁜 인상을
갖게 되는 경우가 많다고 한다.

사람은 이처럼 타인의 감정이나 의견에 쉽게 영향을 받는다.

원망이나 혐오와 같은 부정적인 감정은 특히 더하다.

타인의 험담을 들으면 이제까지 아무 생각이 없던 사람까지 동조해서 '나도 저 사람이 싫다'고 말하게 된다.

그러나 현명한 이는 떠도는 이야기나 험담에 흔들리지 않는다.

당신 자신이 그 사람을 친절한 사람이라고 판단했다면 설령 모두가 나쁘다고 해도 당당하게 친교를 유지하라.

타인의 부정적인 감정에 휩쓸리지 마라

부끄러움을 아는 사람은
성장할 수 있다

'창피하다'는 감정을 갖는 것은 매우 중요하다.

오히려 창피를 모르는 낯 두껍고 뻔뻔한 사람이 꼴불견이다.

'부끄럽다'고 생각하는 마음은 성장을 촉진하는 중요한 감정이다.

바꿔 말하면 '수치'를 느끼지 못하는 사람은 성장할 수 있는 여지가 없다.

'서른 살이나 돼서 이런 간단한 일도 못하는 것이 창피하다'는 마음이 있다면 '대충대충 하고 싶다'는 유혹을 떨칠 수 있다.

'요리 하나 제대로 못해 창피하다'는 마음이 있으면 적극적으로 요리를 배우게 된다.

'편협한 사람이라는 오해를 받을까 창피하다'고 생각한다면 다른 사람에게 더 관대해지거나 배려심을 발휘한다.

이처럼 '창피하다'는 감정에는 사람을 발전시키는 힘이 내재돼 있다.

반면 인격적으로 성숙하지 않은 사람에겐 수치심이라는 감정이 없다.

공공장소를 어지럽히고도 창피하지 않다.

약한 친구를 괴롭히고도 창피하지 않다.

시끄럽게 떠들면서도 창피하지 않다.

때문에 많은 이들이 기피한다.

남이 어떻게 나를 보든 상관없다고 큰소리치며 제멋대로 행동한 다면 짐승이나 매한가지다.

고로 수치심은 이상적인 모습에 한발 다가가기 위해 노력해야 할 요소를 마음 깊은 곳에서 가르쳐주는 것이다.

창피한 감정을 소중히 하라

진정 원하는 것을 발견하는
나만의 노트

주위 사람들이 모두 휩쓸릴 때
냉철하게 자신의 자리를 지킬 줄 알아야 한다.

성인이 된다는 것은 어떤 의미일까?

스무 살이 되고 경제적으로 독립하는 것? 이것도 한 조건일 수 있지만 더욱 본질적인 것은 자기 나름의 가치관을 갖는 것이다.

자신의 가치관이 없는 유치한 사람은 유행이라고 하면 금세 솔깃하여 따라 한다. 친구가 유학을 계획 중이라는 소리를 들으면 갑자기 유학에 마음이 동한다.

친구가 아이스크림 먹는 것을 보면 자기도 사달라고 조르는 아이와 같다.

이렇게 다른 사람의 뒤만 쫓아가면 진정 스스로 만족하는 행복은 얻을 수 없다. 그에 허비한 시간과 노력이 물거품이 된다. 자신의 가치관으로 진정 하고 싶은 것을 찾아내고 이를 추구할 때 비로소 단단한 열매를 얻을 수 있다.

그렇다면 진정 내가 하고 싶은 것은 무엇일까?

이를 발견하기 위해서는 '나만의 노트'를 만드는 것이 좋다.

① 5년 후의 자신, 10년 후의 자신의 모습을 조목조목 적어본다.
② 내가 생각하는 나의 성격을 생각나는 대로 적는다.
③ 나의 장점을 적는다.
④ 다른 사람에게 들은 칭찬을 적는다.
⑤ 지금까지 살면서 마음속으로 진정 기뻤던 일을 적는다.

며칠 또는 몇 주간 집중해서 이 노트를 적다 보면 문득 자신이 하고 싶은 것이 무엇인지 구체적으로 보이게 된다. 그 가닥을 파악한 뒤엔 남의 말과 행동에 휘둘리지 않고 자신을 지킬 수 있다.

자기 나름의 가치관을 가져라

10장

현명한
사람이
되는
사소한
습관

지금 이 순간이 쌓여 인생이 된다

현명한 사람은 지금 해야 할 일에 집중한다.
어리석은 사람은 결과에만 집중한다.

이런 우화가 있다.
농부가 밭을 갈고 있다.
여름이라 바람도 없고 매우 무더웠다.
농부가 잠시 허리를 펴고 바라보니 저 멀리 하늘에 흰 구름이 둥실 떠있다.
"저 구름이 빨리 이쪽으로 오면 좋겠다. 구름 그늘이 생기면 한층 시원할 텐데."
이런 생각이 들자 구름이 오는 것이 더디게 느껴져 견딜 수 없었다.
아주 조금씩 움직이는 구름에 농부는 안달이 나서 밭일에 집중이 되지 않았다. 결국 괭이를 집어던지고 이제나저제나 하며 구름만 쳐다보았다.

이 때문에 농부는 일이 꽤 밀리고 말았다. 결국 구름이 머리 위로 왔을 때는 잠시도 쉴 틈이 없었다.

또 다른 농부는 밭일에만 집중하였다.

무심의 경지로 일을 하였더니 시간이 깜짝할 사이에 흘러 어느새 흰 구름이 시원한 그늘을 만들어주고 있었다. 이 사람은 그제야 손을 잠시 쉬고 꿈같은 휴식을 취하였다.

어리석은 사람은 자신이 지금 해야 할 일을 내던지고 앞일만 걱정한다.

그러나 현명한 사람은 결과에 신경 쓰기보다 바로 눈앞의 과제에 집중한다. 결과는 그 뒤에 자연히 따라오는 것이라 생각하기 때문이다.

지금 순간순간이 쌓인 결과가 바로 내일이다.

현재를 열심히 사는 것이 바로 미래를 밝게 만드는 가장 중요한 일이다.

지금 이 순간에 집중하라

남들보다 빨리 배우는
가장 간단한 방법

현자에게 많은 것을 배우는 사람은 현명하다.
어리석은 사람은 현자와 오래 있어도
아무런 배움을 얻지 못한다.

현명한 사람은 다른 사람의 이야기를 잘 듣는다.
무엇이든 배우겠다는 의욕이 왕성한 탓이다.
이를 위해 메모도 열심이다. 메모를 하면 상대의 이야기를 더욱
깊게 이해하게 된다. 손을 움직이기 때문에 기억에도 오래 남는다.
또한 상대 입장에서는 자신의 이야기를 열심히 듣고 있다는 것이
느껴지므로 더 많은 정보를 주고 싶어진다.
우리는 일생 동안 타인에게 많은 것을 배운다. 많이 배우기 위해
서는 우선 다음의 방법을 알아두는 것이 좋다.

① 질문하기, 잘 듣기.

② 그 사람이 성공한 것을 나도 실험해본다.

③ 선별하지 말고 다양한 사람을 만난다.

④ 자신이 잘 알지 못하는 분야에서 일하는 사람을 적극적으로 만난다.

'만나는 사람 모두가 나의 스승'이라는 말이 있다.

태생적으로 특별한 재능이 있는 사람보다 배움에 열심인 사람이 장래 크게 성공하는 법이다.

특별히 그 분야의 전문가에게 배우면 학습 시간이 압도적으로 단축되고 수확도 많다.

그러나 어리석은 사람은 자신이 이미 뛰어나다고 자만하고 있으므로 진지하게 배우려 하지 않는다.

현자란 천성적인 재능을 가진 사람이 아니다.

배우겠다는 의욕이 강한 사람이다.

현명한 사람은 사람들을 통해 많은 것을 배운다

쓸데없는 자존심은
던져버려라

바른 것을 바르게 보고
잘못된 것은 잘못됐다고 인정하는 것이
진짜 올바른 인생을 사는 것이다.

오다 노부나가, 도요토미 히데요시, 도쿠가와 이에야스. 전국시대 무사를 꼽으라면 이 세 사람이 대표 격이며, 명실상부하게 시대를 움직인 핵심 인물이었다.

이 셋 중 마지막에 천하를 손에 넣은 이는 도쿠가와 이에야스다.

어째서 이에야스는 천하를 얻는 데 성공하고, 노부나가와 히데요시는 좌절하였을까?

그 이유 중 하나로 세 사람의 인간성의 차이를 들 수 있다.

이에야스에겐 유능한 가신이 많았다. 즉, 이에야스는 유능한 가신을 중히 여겼다. 이들은 무엇이 올바르고 무엇이 잘못되었는지 거침없이 지적하였다. 때로는 이에야스의 생각에 반대하기도 했다.

그러나 이에야스는 화를 내지 않고 올바른 의견이라 판단되면 적극적으로 수용하였다.

한편 노부나가와 히데요시는 달랐다. 자신에게 반하는 의견은, 설령 유능한 인물의 의견이나 타당한 제안일지라도 모두 물리쳤다.

그 결과 노부나가의 가신인 아케치 미츠히데가 모반을 일으켰고, 히데요시 주위엔 무능한 인물이 가득하여 운세가 쇠퇴하였다.

자신의 판단이 올바르지 않음을 인정하고, 아랫사람의 의견이 옳다고 인정하기란 사실 대단히 어려운 일이다.

이로 인해 창피를 당할 수 있다. 내 의견을 버리고 아랫사람의 말을 따라야 할 때도 있다.

그것이 바로 리더가 가져야 할 도량의 크기다.

마지막에 승리하는 자는 바로 창피를 무릅쓴 사람이다.

창피를 무릅쓴 사람이 성공한다

어떻게 하면
금연할 수 있을까?

자신이 약하다는 것을 알고 있는 사람은 현명하다.
약한데도 자신이 강하다고 믿는 사람에겐 약이 없다.

최근 담뱃값 인상과 금연구역이 늘어나는 사회 분위기로 인해
금연을 시작하는 사람들이 늘고 있다.

물론 여전히 담배를 끊지 못하는 사람도 많다. 이런 사람들을 살
펴보면 전부는 아니지만 상당수가 공통점을 갖고 있다고 한다.

바로 허세를 부리는 것이다.

이들은 대개 '나는 의지가 강하므로 마음만 먹으면 언제든지 끊
을 수 있다.'고 말한다.

그러나 '마음만 먹으면 끊을 수 있다.'는 허세가 결국 치명적인
함정이다.

말만 이렇게 할 뿐 절대 금연을 실천하지 못하기 때문이다.

결국 이는 끊고 싶어도 끊지 못하는 데 대한 변명일 뿐이다.

공부를 못하는 아이가 "마음만 먹으면 언제든지 성적을 올릴 수 있어요. 그냥 안 하는 것뿐이에요."라고 말하며 마지막까지 공부와 담을 쌓는 것과 같다.

자신의 연약함을 겸허하게 직시하라. 그것이 출발점이다.

명인이라 불리는 이들을 보면 '내 기술은 아직도 멀었다. 아직도 정진이 부족하다.'라는 말을 한다. 그러면서 하루하루 노력을 다한다.

자신의 약점을 알고 인정하는 것은 그가 현자라는 증거이다.

자신의 약점을 알라

유혹이 될 만한 것은
멀리 치워둔다

멀리해야 할 것을 멀리하지 못하는 사람은
결국 나쁜 길로 빠진다.

한 기업에서 '회의에 노트북을 가지고 들어와서는 안 된다.'는
규칙을 세웠다.

사실 이 회사는 얼마 전까지만 해도 노트북을 가지고 들어오는
것을 장려하기까지 했다.

필요한 데이터를 바로 뽑아낼 수 있고 시간과 종이를 절약할 수
있기 때문이었다. 노트북이 있으면 메모도 하고, 계산도 가능하며,
그 자리에서 데이터 정리까지 되니 회의가 효율적으로 진행되리라
생각했던 것이다.

그러나 막상 실행해보니 예상 외로 정반대의 결과가 나왔다.

사원들이 컴퓨터 조작에 정신이 팔려 집중력이 현저하게 떨어졌
던 것. 의견을 물어봐도 질문 자체를 듣지 못하는 일까지 벌어졌다.

이런 일이 반복되자 결국 회의 시간에 노트북을 사용하지 말자는 결론에 이른 것이다.

이는 효율적인 결단이다.

성공하는 이들은 멀리해야 할 것을 단호하게 멀리한다.

사람의 마음은 매우 약해서 회의에 집중하겠다고 결심했어도 외부에서 자극이 오면 슬그머니 무너지고 만다.

그러므로 의식적으로 이런 장애물에 물리적 거리를 두는 것이 좋다.

일에 집중하고 싶다면 보고 싶은 책이나 게임, TV 등을 모조리 눈에 띄지 않는 곳에 둔다.

유혹이 될 만한 것을 아예 처음부터 차단시키면 유혹을 견디느라 힘을 빼지 않아도 된다.

멀리해야 할 것은 의식적으로 피한다

외출 전 거울 앞 30초,
호감도 상승

어진 이는 항상 옷매무새를 단정하게 정돈한다.

그러나 어리석은 이는 차림이 어지럽다는 것조차 알지 못한다.

'사람은 외모보다 내면이 중요하다.' 는 말을 흔히 한다. 이 말은
차림새에 무신경해도 된다는 뜻이 아니다. 이 말이 단정치 못한 차
림새에 대한 변명이 되어서는 안 된다.

사람의 품성은 몸가짐에 그대로 나타난다.

때문에 사람들은 넌지시 상대의 외견을 관찰한다.

이때 외견이란 최첨단 유행 스타일이나 고급 브랜드 옷을 걸친
화려한 차림을 말하는 것이 아니다. 단정하게 옷차림을 정돈하였
는가, 청결함을 유지하였는가 하는 것이다.

예컨대 와이셔츠가 더럽지 않은지, 옷 단추가 제대로 채워져 있
는지, 머리는 말끔하게 정리하였는지, 냄새는 나지 않는지….

주름투성이 셔츠를 아무렇지도 않게 입고 다니는 사람은 왠지

미덥지가 않다. 함께 일을 하기에 주저되기도 한다.

한번 박힌 안 좋은 인상은 만회하기가 매우 어렵다.

그럼에도 어리석은 이는 자신이 상대에게 불신감을 주고 있다는 사실조차 깨닫지 못한다. 타인의 감정이나 시선에 둔감하기 때문이다.

외출하기 전에 한 번은 전신을 거울에 비춰보라.

누구에게 보여도 부끄럽지 않다고 판단되면 이제 가슴을 펴고 문밖으로 나서라.

몸가짐을 단정히 하라

어렵다는 것을 인정하면
한층 성장할 수 있다

실력이 없는데도 높은 지위를 탐내고, 권력을 얻으려고 하며, 명성을 얻는 데만 골몰하는 것은 어리석은 일이다.

높은 산 위에서 보는 경치는 정말 장관이다.

그렇다고 해서 준비도 갖추지 않은 채 산에 오른다면 자칫 목숨까지 잃을 위험이 있다.

충분한 체력, 기술, 경험이 없으면 산은 절대 받아주지 않는다.

인생도 등산과 같다.

실력이 쌓이면서 지위나 권력이 저절로 올라가야 한다. 걸맞지 않는 지위나 권력을 추구하면 길에서 벗어나 절벽으로 굴러 떨어질 수 있다.

그렇다면 '실력'은 어떻게 측정할까?

타인이 내리는 평가가 맞는 것일까?

사실 실력을 측정하는 방법은 없다.

사람은 매일 배우고 진화하므로 하루하루가 다르다.

능력 범위도 달라진다. 오늘 하지 못했던 일을 내일 간단하게 해결할 수도 있다.

다만 지속적인 성장을 이루려면 스스로 배워야 할 것이 많고 노력해야 한다는 겸허한 생각을 가지고 있어야 한다.

어리석은 사람은 자신을 과신하여 상황을 대수롭지 않게 판단한다. 문제는 항상 이것이 큰 함정이 되어 돌아온다는 것.

조금 노력하면 어떻게든 될 수 있는 수준에서 조금씩 난이도를 높여간다면 아무리 높은 산도 확실하게 정복할 수 있다.

스스로를 과신하지 말라

때론 침묵이
사람의 마음을 연다

아무 말도 하지 않는다고 해서 무지하고 어리석은 것이 아니다.
깊은 생각 끝에 일부러 침묵을 지키는 사람도 있다.

침묵의 가치를 아는 사람은 현명하다.

예컨대 새 청소기를 사고 기뻐하는 친구에게 "벌써 샀어? 일주일 후에 새 모델이 나오는데…." 이런 말을 하면 모처럼의 행복한 마음에 찬물을 끼얹는 격이다.

새 제품으로 바꿀 수 없는 상태라면 아예 알리지 않는 편이 낫다.

언젠간 친구도 그 정보를 알겠지만, 한참 기쁨에 들떠 있는 순간에 알아야 할 필요는 없다.

"잘했네. 쓰기는 편해?" 하고 물어주는 정도가 자연스럽다.

친구가 일 문제로 힘들어할 때 고민을 들어준다는 핑계로 꼬치꼬치 캐묻는 것보다 그저 곁에서 묵묵히 하소연을 들어주는 것이 좋다. 혹은 맛있는 음식으로 기운을 북돋아주거나, 함께 공원을 산

책하는 등 자연스럽게 배려해주는 편이 친구의 심리적 안정에 도움이 될 것이다.

상대가 말하고 싶지 않은 부분은 굳이 알려고 하지 말라. 이것만 명심해도 인간관계가 한결 원만해질 것이다.

물론 지금 주의를 주지 않으면 나중에 큰 문제가 될 것이라 판단되는 일이라면 분명하게 알리는 용기도 필요하다. 이러한 판단을 잘 할 수 있어야 현명한 사람이다.

때를 가려 과감히 침묵하라

행복해지기 위해
절대 해서는 안 되는 3가지

인간으로서 마땅히 부끄러워야 할 일을
부끄러워하지 않는 행동은 악업을 짓는 것이다.

속인다.
훔친다.
남에게 상처를 준다.
이 3가지는 신뢰를 바닥에 떨어뜨리는 악업이며, 나쁜 행실에 대
한 값은 반드시 치르게 된다.
행운을 얻고 싶다면 그 반대로 행하면 된다.
진실을 말한다.
베푼다.
지켜준다.

진실을 말하는 사람은 신뢰할 수 있다. 한 회사의 사장은 신뢰할

수 있는 부하란 '나쁜 정보를 포함해 일어난 일을 모두 정확하게 보고하는 사람'이라고 말한다.

뭔가를 베푸는 행위는 상대에게 호의가 있음을 가장 확실하게 전하는 방식이다. 소중한 사람에게 선물을 하고, 업무 상 도움을 주고 싶은 사람에겐 좋은 정보를, 친절을 베풀어준 사람에겐 마음으로부터 우러난 감사의 말을 전한다.

지켜주는 것도 신뢰를 얻는 방법이다. 직장에서 문제가 일어났을 때 뒤에서 받쳐주는 상사가 있다면 아랫사람은 안심하고 큰 활약을 할 수 있다. 이런 회사는 실적이 매우 높다. 사람을 지켜준다는 것은 그만큼 유대를 강하게 한다.

속이지 말고, 훔치지 말고, 다른 사람에게 상처 주지 말라

어떻게 살면 행복해질까

초판 1쇄 인쇄_ 2014년 3월 5일
초판 1쇄 발행_ 2014년 3월 10일

지은이_ 우에니시 아키라
옮긴이_ 송수영
펴낸이_ 명혜정
펴낸곳_ 도서출판 이아소

등록번호_ 제311-2004-00014호
등록일자_ 2004년 4월 22일
주소_ 121-841 서울시 마포구 월드컵북로 5나길 18 1012호
전화_ (02)337-0446 팩스_ (02)337-0402

책값은 뒤표지에 있습니다.
ISBN 978-89-92131-79-7 03830

도서출판 이아소는 독자 여러분의 의견을 소중하게 생각합니다.
E-mail: iasobook@gmail.com